# comment séduire un vampire (sans y laisser sa peau)

vlad mezrich

hachette

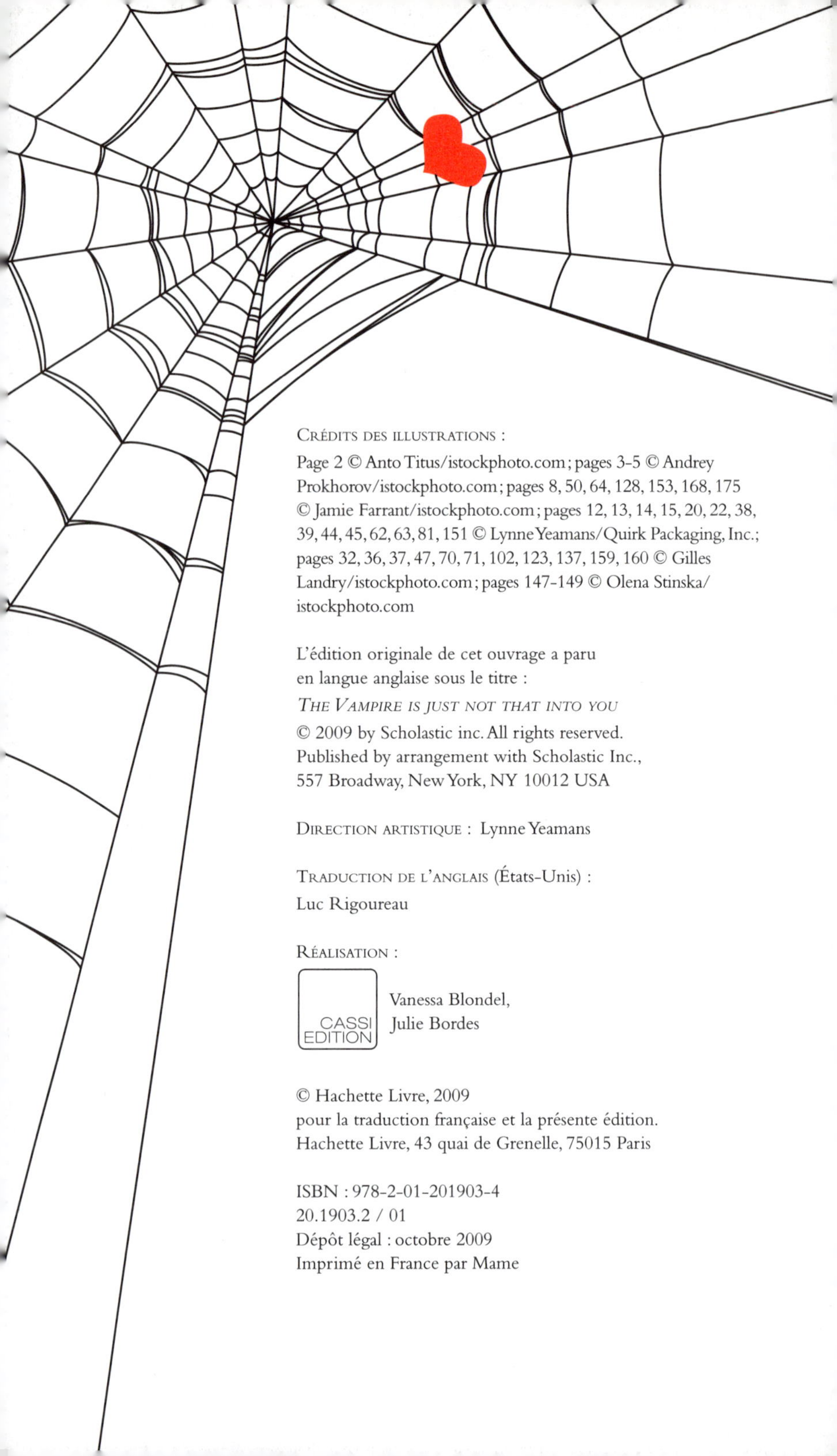

Crédits des illustrations :

Page 2 © Anto Titus/istockphoto.com ; pages 3-5 © Andrey Prokhorov/istockphoto.com ; pages 8, 50, 64, 128, 153, 168, 175 © Jamie Farrant/istockphoto.com ; pages 12, 13, 14, 15, 20, 22, 38, 39, 44, 45, 62, 63, 81, 151 © Lynne Yeamans/Quirk Packaging, Inc. ; pages 32, 36, 37, 47, 70, 71, 102, 123, 137, 159, 160 © Gilles Landry/istockphoto.com ; pages 147-149 © Olena Stinska/istockphoto.com

L'édition originale de cet ouvrage a paru en langue anglaise sous le titre :
*The Vampire is just not that into you*

Published by arrangement with Scholastic Inc., 557 Broadway, New York, NY 10012 USA

Direction artistique : Lynne Yeamans

Traduction de l'anglais (États-Unis) :
Luc Rigoureau

Réalisation :

Vanessa Blondel,
Julie Bordes


Hachette Livre, 43 quai de Grenelle, 75015 Paris

ISBN : 978-2-01-201903-4
20.1903.2 / 01
Dépôt légal : octobre 2009
Imprimé en France par Mame

## l'auteur souhaite remercier

David Levithan
Erin Black
Rachel Griffiths
Mallory Kass
Victoria Kosara
J. R. Mortimer
Jennifer Rees
Gregory Rutty
*et* Divya Sawhney
*pour leur participation*
*au présent ouvrage.*

*Sincèrement,*
*j'ai l'impression*
*qu'un peu du sang*
*de chacun d'entre vous*
*coule dans*
*mes veines.*

# Sommaire

INTRODUCTION

# vous aimeriez bien sortir avec un vampire…

Ce n'est pas une question. Il va de soi que vous aimeriez bien sortir avec un vampire. Vous en connaissez, vous, des filles qui n'ont pas envie de sortir avec un vampire ?

OK. Je vous vois venir. Vous tendez le cou, vous grattez deux ou trois croûtes, exprimez votre détresse aux bons moments (une voiture est sur le point de vous renverser, un ours s'apprête à vous bouffer toute crue, le prof vous interroge alors que vous n'avez rien écouté parce que vous fantasmiez sur votre chéri aux dents longues, etc.). Ce n'est pas aussi simple. Certes, vous arriverez parfois à réchauffer l'endroit où battait autrefois son cœur. Mais, la plupart du temps, les vampires ne sont pas accros (ha ! ha !) aux humaines. Il serait une erreur de partir du principe que les vampires sont aisés à décrypter (après tout, leur peau est presque translucide). Une erreur qui risque d'être fatale à votre couple (sans compter que vous pourriez carrément y laisser votre peau).

Voilà pourquoi moi, Vlad Mezrich, j'ai décidé de rédiger ce livre. Il a pour but de vous aider à appréhender les ficelles d'un flirt vampirique, les hauts et les bas, les blessures (mortelles ou non). Je vous expliquerai ce que votre chéri pense quand il est avec vous, ce qu'il pense quand il est loin de vous, les règles à suivre pour le séduire… Et pour le garder.

Il faut avoir ça dans le sang pour en parler. Or, il se trouve que je suis un vampire. Bon sang ne saurait mentir, n'est-ce pas ?

PREMIÈRE PARTIE

# Vous êtes mordue

CHAPITRE UN

# vampire ou imposteur ?

Bien des filles m'ont dit : « Qu'il est difficile de dénicher le bon vampire, Vlad ! Je ne m'éprends que des mauvais. Certains se révèlent même être… des humains ! »

Croyez-moi, je compatis. Il était si simple de distinguer les gens, autrefois. La différence entre vampires et humains était aussi évidente qu'entre une bonne pinte de sang et une cannette de soda. Puis les imposteurs ont débarqué, des garçons tout ce qu'il y a de plus mortel, qui se déguisent en vampires pour emballer les filles. Oh ! Ils soutiennent agir ainsi pour d'autres raisons (ils sont fans de tel ou tel groupe de musique, ils se trouvent beaux en noir, ils sont anémiques, etc.).

En vérité, ils n'ont qu'une idée en tête : séduire le sexe faible. *Ne vous laissez pas avoir !* Vous méritez mieux qu'un vulgaire article de contrefaçon. Vous êtes digne de fréquenter un véritable prince du sang.

Je ne sortirai plus *jamais* avec un humain. Vous connaissez le dicton : « Vampire un jour, vampire toujours ». D'abord, les vampires sont *sexy*. Très loin de : « Ouais, avec des lunettes noires et dans un tunnel, je trouve que tu ressembles à Chace Crawford qu'une allergie aurait rendu bouffi. » Non, ils sont *sang pour sang* sexy ! Ils n'ont pas d'acné. Ils ont un corps parfait parce que l'hémoglobine contient peu de graisses. Même leurs expressions sont sexy ! Ils affichent la plupart du temps un rictus mystérieux. On ne sait jamais s'ils sont en train de critiquer vos vêtements ou d'hésiter entre vous tuer et vous proposer un rancard. J'adore être dans l'incertitude. Ça rend les choses si passionnantes !

EMMA, 17 ans

La première chose à faire lorsque vous avez des vues sur un type et que vous vous demandez s'il est un vampire ou un imposteur, c'est de bien étudier son apparence physique. Certes, cela revient à juger de la qualité d'un livre à sa couverture (une histoire excitante, poétique et douloureuse d'un amour éternel ou bien un opuscule, rasoir, nul et mal écrit, traitant des faiblesses humaines ?), mais c'est tout à fait jouable, dans le cas présent.

# évaluez-le : vrai

## vampire

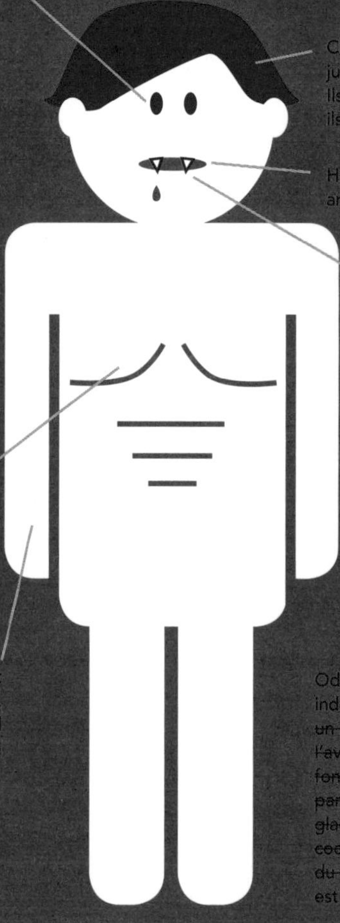

Couleur des yeux allant de l'or fauve au noir de jais, en passant parfois par l'écarlate. Les plus astucieux porteront des lentilles de contact colorées. Il existe cependant une façon imparable de savoir si c'est un authentique ou une copie. A-t-il l'air de vouloir vous croquer à pleines dents ? Félicitations ! Vous venez de dénicher un vampire de toute première qualité !

Cheveux ébouriffés juste comme il faut. Ils sont parfaits… Non, ils sont ébouriffés !

Haleine magique aux arômes mentholés.

Cherchez le joli croc incurvé et blanc. Des incisives un peu longues sont une preuve irréfutable, mais des dents d'une blancheur aveuglante qui brillent dans le noir sont également signe de surnaturel.

Trouvez une excuse pour poser votre tête sur sa poitrine à la plastique impeccable. Pas de battements de cœur ? Gagné !

Peau d'un blanc éclatant et dure comme le marbre. Des points en plus s'il étincelle au soleil !

Odeur d'une séduction indescriptible. On dirait… ~~un rayon de soleil après l'averse, le désir de fondre dans un feu qui paradoxalement vous glace les sangs, des cookies tout juste sortis du four…~~ Désolé, elle est indescriptible.

# …ou faux ?

## humain

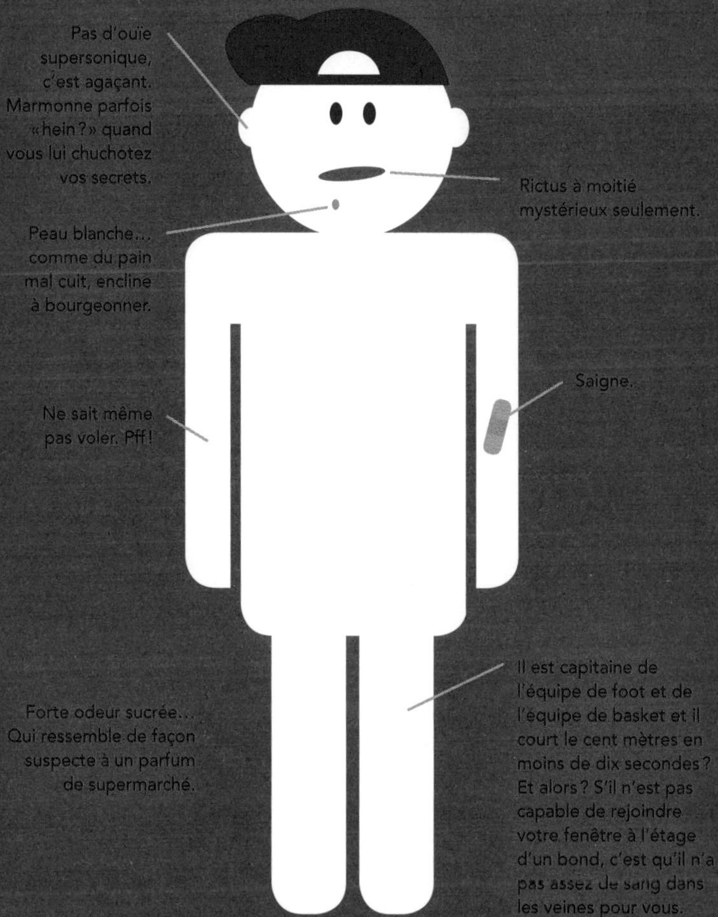

## décryptez son profil internet

Je vous entends déjà : « Mais Vlad, vous partez du principe que je drague en réel ! C'est tellement XXe siècle ! » Soyez polie, s'il vous plaît ! Je suis inscrit sur au moins une douzaine de sites de rencontres. C'est ainsi que j'ai retrouvé nombre de vieux amis que je n'avais revus depuis des siècles. Bien, lorsque vous avez arrêté votre choix sur un candidat potentiel, il est temps d'enquêter sur son profil.

### exemple a

**Nom :** Will Barnes

**Statut :** Will consulte les horaires des marées. Attention à la vague ! (mise à jour : 10 h 43).

**Intérêts :** le base-ball, la muscu, mes potes. Plus généralement, l'épate.

**Livres préférés :** *Gatsby le Magnifique*, *1001 façons de préparer le bœuf*.

**Musique préférée :** Fall Out Boy, The Killers, tout ce qui me fait triper.

**Citation :** « C'est dégueu, ça, mec. » Moi, chaque fois que Doug l'ouvre.

*Guère prometteur. Les vampires passent peu de temps sur la plage et ne se lèvent pas aux aurores pour mettre à jour leur profil.*

*Excellent ! Les vampires adorent le base-ball.*

*Les vampires évitent le gymnase, car il est difficile d'avoir l'air sombre et torturé sur un banc de musculation.*

*Mauvais signe. Les vampires n'essayent pas d'épater : c'est naturel chez eux.*

*Les garçons citent souvent ce livre parce qu'ils l'étudient au lycée. Le mieux est encore de demander au mec ce qui se passe à la fin. S'il le sait, c'est un vampire. Si non, c'est un humain. :-(*

*Pas très encourageant, même si ça pourrait être une ruse très adroite (mes frères de sang sont doués pour ça).*

*Les vampires détestent triper.*

**Probabilité vampirique : FAIBLE**

## exemple b

**Nom :** Quentin Davenport

*Vieux nom ! Ce qui pourrait signifier qu'il est né à un autre siècle.*

**Statut :** Quentin a soif.
(mise à jour : 3 h 12)

**Intérêts :** la musique classique, les reflets de la lune sur un lac de montagne gelé à trois heures du matin, le base-ball.

*Ne vous inquiétez pas si l'élu de votre cœur semble quelque peu… mélancolique. La plupart des miens sont des anxieux. Ils se vautrent dans l'angoisse. Faites avec.*

**Livres préférés :** *Guerre et Paix*, *L'Être et le Néant*, *Modes d'expression des natifs du XX*e *siècle*.

*Les vampires aiment les gros livres parce qu'ils ont du temps à tuer.*

*Ils ont aussi le temps d'avoir une vie intérieure très riche.*

*Cool !*

**Musique préférée :** Debussy, Mendelssohn, le bruit du sang qui passe dans le ventricule gauche.

**Citation :** « Quand la vieillesse consumera cette génération, Tu resteras, au milieu d'autres douleurs […] »
John Keats, « Ode sur une urne grecque »

*Épatant ! Et les vampires ADORENT pleurer sur leur pouvoir de séduction et leur immortalité.*

Probabilité vampirique : TRÈS ÉLEVÉE

Quand je sortais avec Ben, un humain, il passait tous ses vendredis soirs avec ses copains, à jouer à *Halo* et à balancer des citations erronées du film *40 ans, toujours puceau*. Maintenant, quand je vais chez mon petit ami vampire, il me joue au piano des chansons qu'il a composées en mon honneur. La semaine dernière, Nathaniel m'a régalée d'un morceau bouleversant que je lui ai inspiré en me brossant les dents. Je ne me doutais même pas qu'il se postait tous les soirs dans l'arbre qui donne sur ma salle de bains ! C'est tellement romantique.

DANIELLE, 16 ans

Avant de faire la connaissance de mon vampire, Alaric, je n'étais qu'une fille maladroite pleine de complexes. Mais depuis que je sors avec lui, tout le monde me drague. Pas seulement les gars du club vidéo ou les abrutis du conseil des élèves, mais aussi les sportifs, les riches, les musiciens et toute la meute de loups-garous du coin ! Trop top ! À ce stade, je me fiche qu'Alaric n'en veuille qu'à mon sang. Au moins, je mourrai populaire !

MANDY, 15 ans

# identifier les poseurs

Je l'admets : les imposteurs réussissent parfois à donner le change. Ils sont tellement dévoués à leur sous-culture que leurs caractéristiques humaines passent les filtres habituels. Trois groupes en particulier posent de gros problèmes aux filles quand il faut distinguer un garçon d'un vampire.

---

### POSEUR TYPE A ✣ le gothique

Ils portent l'imposture à son plus haut degré, bien qu'ils aient tendance à trop recourir aux accessoires (plus qu'un vampire, en tout cas). **Si leur fougue est admirable, leur humanité est loin de l'être.** 🩸🩸🩸

---

### POSEUR TYPE B ✣ l'émo

Au XVIIe siècle, nous avions une expression pour définir ces garçons : les précieuses ridicules. Les vampires savent qu'ils vivront toujours, alors que les émo se comportent comme s'ils allaient toujours mourir, c'est la grande différence. **À votre avis, lequel des deux est le plus fréquentable ?** 🩸🩸

---

### POSEUR TYPE AB ✣ le gamer

Reconnaissons aux membres de ce groupe qu'ils n'ont aucune aspiration à vous tromper sur la marchandise. Simplement, ils ne dorment pas, ont les yeux injectés de sang et restent confinés chez eux. **Résultat, on les confond souvent avec des vampires lors des rares moments où ils s'arrachent à leur PlayStation, leur Xbox ou leur Wii.** 🩸

---

**🩸🩸🩸 = poseur en chef** **🩸🩸 = poseur amateur** **🩸 = pas poseur du tout**

# est-il gothique, émo, gamer ou vampire ?

Afin de vous aider à naviguer dans ces perfides sous-cultures, nous avons mis au point un test tout simple. Choisissez l'itinéraire qui correspond le mieux au garçon visé et nous vous expliquerons dans quelle cour il joue. Vos molaires le fascinent-elles ? Est-il impressionné par le nombre de fringues noires dans votre garde-robe ? Les mecs étant encore plus compliqués à saisir que les nanas, laissez-nous vous donner un coup de main pour déterminer si l'élu de votre cœur est aussi immatériel que vous le croyez.

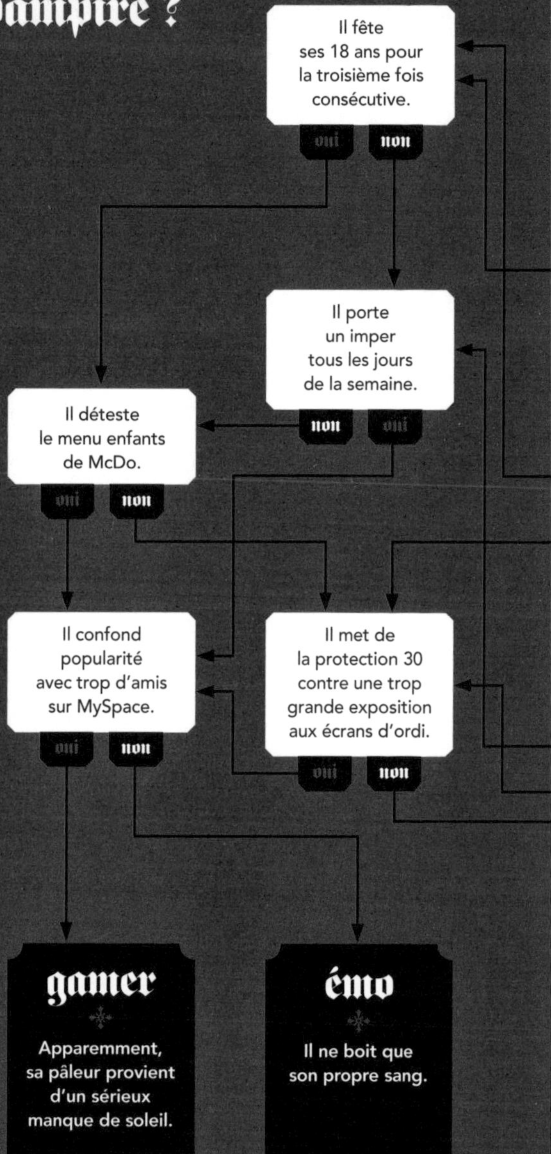

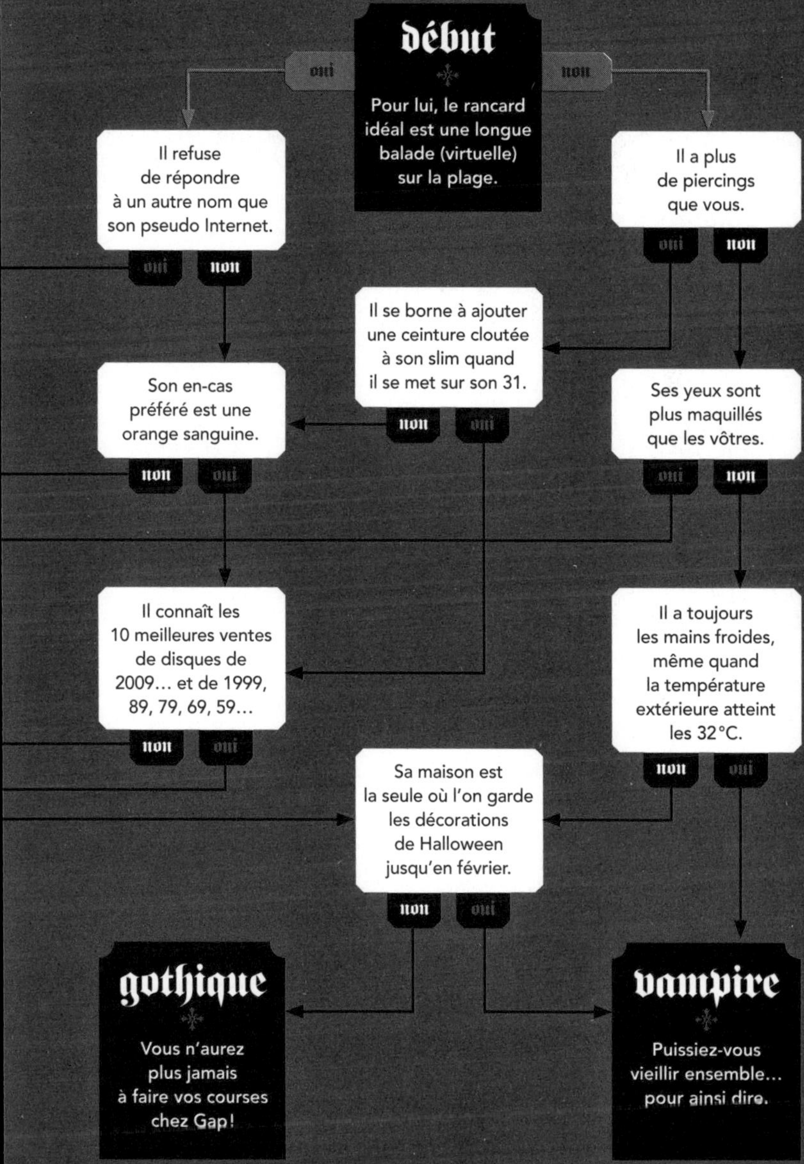
début
Pour lui, le rancard idéal est une longue balade (virtuelle) sur la plage.
oui
non
Il refuse de répondre à un autre nom que son pseudo Internet.
oui
non
Il a plus de piercings que vous.
oui
non
Il se borne à ajouter une ceinture cloutée à son slim quand il se met sur son 31.
non
oui
Son en-cas préféré est une orange sanguine.
non
oui
Ses yeux sont plus maquillés que les vôtres.
oui
non
Il connaît les 10 meilleures ventes de disques de 2009… et de 1999, 89, 79, 69, 59…
non
oui
Il a toujours les mains froides, même quand la température extérieure atteint les 32 °C.
non
oui
Sa maison est la seule où l'on garde les décorations de Halloween jusqu'en février.
non
oui
gothique
Vous n'aurez plus jamais à faire vos courses chez Gap !
vampire
Puissiez-vous vieillir ensemble… pour ainsi dire.

# paroles d'humain vs paroles de vampire

Certains indices verbaux évidents vous permettront de déterminer si votre chéri est un vampire ou s'il se la joue vampire dans ses délires.

**PAROLE D'humain :** « Jolie robe ! »
**PAROLE DE vampire :** « Cette tenue est une création presque aussi merveilleuse que celle qui la porte, mon aimée. Elle me donne envie de danser avec toi jusqu'à la fin des temps. »

**PAROLE D'humain :** « J'en sais rien. Et toi, tu veux faire quoi ? »
**PAROLE DE vampire :** « Où tu iras, j'irai… Quoi que tu souhaites entreprendre, je m'accrocherai amoureusement à toi. »

**PAROLE D'humain :** « J'ai les crocs. »
**PAROLE DE vampire :** « Je te veux. »

**PAROLE D'humain :** « Petite coquine ! »
**PAROLE DE vampire :** « Que nous ne puissions être ensemble ne fait que renforcer mon désir. Te caresser… Ô vain espoir ! T'embrasser, ma douce… Ô rêve inaccessible ! »

Une fois certaine que l'objet de votre affection est bien un vampire (évidemment qu'il l'est !), vous devez maintenant vous posez la question suivante : est-il le bon ?

« Mais Vlad, objectez-vous, qu'il soit vampire me suffit ! Les princes du sang sont de tels parangons de détachement viril et de passion éternelle ! N'importe lequel fera l'affaire, non ? »

Grave erreur ! Alors que les humains sont, pour la plupart, parfaitement interchangeables, ce n'est pas du tout le cas des vampires !

# profil du mâle humain/vampire

**HUMAINS**

**VAMPIRES**

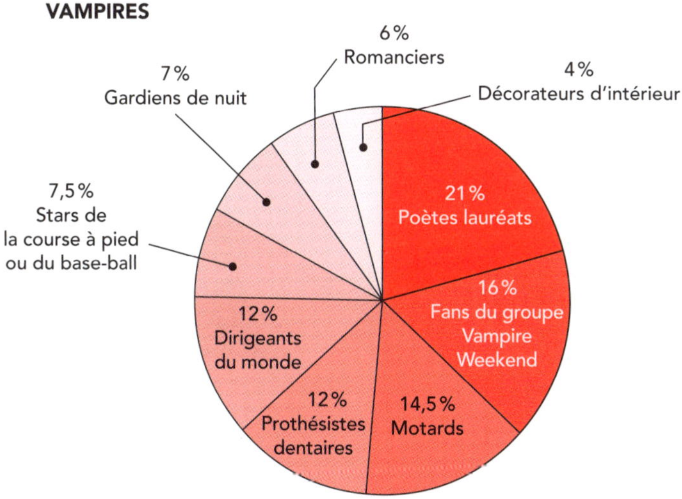

# trouvez le vampire qui vous correspond

À l'instar des flocons de neige qui tombent sur un cercueil fraîchement déterré, chaque vampire est unique. La clé d'une relation réussie (au début, du moins) est de dénicher le flocon qui fondra le mieux dans votre bouche. Donc, au lieu de prendre le mors aux dents, traquez l'immortel qui vous conviendra.
Le test suivant vous révèlera quel prince de la nuit illuminera vos nuits.

1. **Vous craquez lors de la première rencontre s'il :**
   a. Vous sauve la vie alors qu'un camion menace de vous renverser puis met en échec les vilains ayant tenté de vous assassiner dans une ruelle sombre.
   b. Vous kidnappe d'une ville de Transylvanie.
   c. Saute les préliminaires et vous arrache tout de suite le cœur.

2. **Que trahit son style vestimentaire ?**
   a. Faux chic hors de prix, mais vous êtes tellement fascinée par la splendeur de ses traits que vous ne prêtez aucune attention à ses fringues.
   b. Il porte surtout des capes et des costumes trois-pièces près du corps. Dans les grandes occasions, il débarque en chauve-souris.
   c. Votre homme des bois est trop rude pour penser aux vêtements. Il lui arrive même d'oublier d'enfiler des chaussures !

**3. Des noms doux qu'il vous donne, votre préféré est :**

a. Ma bien-aimée (ô combien!) délicatement humaine. Va-t'en! Non, reste!

b. Mon eau mortelle.

c. Mon croquembouche.

**4. La température monte entre vous. Il vous embrasse avec passion et :**

a. Vous repousse dans un surnaturel élan de self-control. L'odeur de votre sang est par trop attirante.

b. Promène ses crocs le long de votre cou (croisez les doigts, il se pourrait que vous deveniez sa prochaine fiancée!).

c. Vous saigne à blanc (pas de souci, vous avez toujours voulu mourir d'amour).

**5. Son mode de transport favori est :**

a. Les voitures étrangères exotiques, très chères si possible.

b. Une chauve-souris.

c. La course à pied dans les bois à une allure terrifiante.

**6. Cinq sens sont bien peu. Votre immortel idéal dispose aussi :**

a. D'un talent pour lire dans les esprits.

b. D'une aptitude à voler.

c. D'un don mystérieux pour savoir toujours où vous êtes.

**7. Quels sont ses plans d'avenir avec vous?**

a. Vous vous ridez comme une vieille pomme alors qu'il reste jeune et beau.

b. Vive l'éternité! Vous l'épousez lors d'une cérémonie profane… Et héritez par la même occasion de ses douze autres immortelles moitiés.

c. Bizarrement, il ne cesse de vous répéter que vous n'avez pas d'avenir.

# résultats

## SI VOUS AVEZ PRINCIPALEMENT RÉPONDU A

**Vous tenez-là un Edward !** Non seulement il emballe votre pouls, mais son attitude émo vous fait tourner la tête. Il aura beau vous repousser, son regard de braise vous ramènera toujours vers lui. S'il vous quitte afin de vous épargner, il reviendra dès l'instant où vous commencerez à vous remettre de la rupture. Épuisant ! Vous adorez ça, hein ?

## SI VOUS AVEZ PRINCIPALEMENT RÉPONDU B

**Le célibataire caché derrière le cercueil B est Vlad l'Empaleur, prince des ténèbres !** Les hommes comme lui ont tendance à descendre de nobles lignées. Fiers de leur héritage, ils cultivent leur côté vieille Transylvanie, de leurs capes doublées de soie à leurs bières également doublées de soie. Jouez les inaccessibles si vous voulez décrocher la timbale. Par exemple, essayez de vous poster en robe légère sur le balcon le plus proche, nimbée de lune : il ne fera qu'une bouchée de vous.

## SI VOUS AVEZ PRINCIPALEMENT RÉPONDU C

**Admettez-le, vous aimez les mauvais garçons à la James.** Un James est brut de décoffrage, le genre de mec à conduire une moto… s'il n'est pas capable de courir plus vite qu'elle, s'entend. Il n'est ni très charmant ni très sexy, mais il vous traquera jusqu'au bout du monde si vous éveillez son intérêt. Attention seulement à garder votre sang-froid : ce larron vous arrachera le cœur si vous le laissez faire.

# les dix meilleurs endroits où rencontrer un vampire

Écumez ces lieux de prédilection vampirique afin de trouver l'immortel de vos rêves. Si cela ne fonctionne pas, vous pouvez naturellement suivre la méthode « conte de fées » : amenez un garçon vierge à chevaucher un étalon vierge, à cru et nu, dans un cimetière, jusqu'à ce que le cheval marche sur une tombe et refuse d'aller plus loin. Sauf que cela pose un léger problème : où allez-vous dénicher un canasson ?

---

## 1 ✠ la banque du sang

**Vous y allez pour donner, lui pour prendre.** Certes, vous risquez de vous sentir un peu dans les vapes quand l'infirmière vous piquera, mais ce ne sera rien comparé à ce que *lui* éprouvera. Vous aurez droit à un biscuit pour remonter votre taux de glycémie, mais ce sera inutile car vous serez déjà à ses yeux appétissante comme un loukoum.

---

## 2 ✠ l'église

**Pas pendant la messe. Vous ne pensiez tout de même pas que votre vampire était pratiquant, n'est-ce pas ?** Non, vous devrez vous y rendre de nuit. Très tard dans la nuit… Quand l'endroit sera désert… Et que la lune transpercera les vitraux… Et que les flammes des cierges vacilleront dans la brise. Les vampires sont incapables de résister à un pareil décor. Évitez juste de décrocher le crucifix et de le brandir sous son nez.

## 3 ✣ la cantine du lycée

**Les vampires ayant l'habitude de se réunir à l'heure du déjeuner, la cafétéria est l'un des meilleurs endroits du bahut pour les repérer.** Comment savoir si telle tablée est composée d'immortels ? Fastoche ! Ils chipotent à table, se contemplent d'un air lugubre et montrent les dents dès qu'un humain tente de s'asseoir avec eux. Et bien sûr, ils ont l'air fatigué de naissance et s'installent le plus loin possible des fenêtres.

---

## 4 ✣ le magasin de bricolage

**Ouvert 24 heures sur 24, il renferme tous les éléments nécessaires à la fabrication d'un cercueil confortable.** Comme il n'y a pas grand-chose à la télé vers quatre heures du matin, mes frères de sang aiment à traîner ici. Attention cependant à ne pas les confondre avec l'équipe de nuit, dont les membres ont la fâcheuse tendance à avoir des mines de déterrés.

---

## 5 ✣ le cours de gym

**Ce beau gosse est en short ? Ce n'est pas un vampire.** Ce beau gosse est vêtu de noir de la tête aux pieds et frappe le volant de badminton avec tant de force qu'il laisse des marques au sol ? C'est sûrement un prince des ténèbres. Si vous voulez éveiller son intérêt, évanouissez-vous. Si vous voulez vraiment éveiller son intérêt, écorchez-vous le genou quand vous plongez pour renvoyer le volant.

---

## 6 ✣ la forêt

**La lueur de la lune à travers les branches agitées par le vent donnera à votre peau un teint pâle et éclatant.** Ayez l'air un tantinet perdue et solitaire et il sera à votre côté avant même que vous n'ayez le temps de dire « piège à vampire ».

## 7 ✠ un parapet

**Dans l'idéal, il doit être en pierre, orné de gargouilles et plongé dans la pénombre.** Je vous recommande fortement de vous y rendre entre vingt-trois heures et trois heures du matin, une nuit de pleine lune. Hélas, rares sont les villes modernes dotées de parapets, mais un balcon, un château d'eau, voire un escalier de secours compenseront amplement ce handicap.

---

## 8 ✠ les cimetières

**Ça semble évident, je sais. Il n'empêche que ce sont les endroits rêvés pour être saignée.** Errez en soupirant au milieu des mausolées, privilégiez les allées retirées et les sections les plus sombres. Vous allez déclencher un sacré chahut, croyez-moi ! Conseil d'ami : portez une longue robe traînante et débrouillez-vous pour trébucher dessus lorsque vous « fuirez ». Les vampires ne crachent jamais sur un bon numéro de charme.

---

## 9 ✠ les grottes

**Si vous pénétrez dans une grotte et que vous entendez un air de The Cure, vous avez toutes les chances d'avoir frappé à la porte d'un repaire vampirique.** Prudence ! Vous croirez voir des ombres noires partout, mais ce ne seront que ses vêtements qui sèchent. Sachez conjuguer enthousiasme et retenue.

---

## 10 ✠ les librairies

**Si vous lisez cet ouvrage dans une librairie (au lieu de l'acheter, grosse vilaine !), vous risquez fort bien de tomber sur un vampire au détour d'un rayonnage.** En effet, on les surprend souvent en train de ranger *Dracula* et *Fascination* parmi les biographies plutôt qu'au rayon des romans.

J'ai rencontré Max tard un soir dans une pharmacie ouverte toute la nuit. Il se trouvait devant le rayon d'hygiène dentaire. J'étais en train de choisir un produit de blanchiment quand il s'est lavé les dents au beau milieu de la pharmacie ! Remarquant que je fixais ses incisives, il est venu vers moi et m'a dit : « Ça roule, ma poule ? » S'il n'avait pas été aussi mignon, je serais partie sans même un regard... Mais je craque pour les gars aux dents propres.

MEGAN, 16 ans

Se dégoter le bon vampire est une chose, le faire sien (ou le pousser à vous faire sienne) en est une autre. Nous aborderons plus loin, au chapitre trois, le sujet de la stratégie à adopter. Auparavant, nous devons nous pencher sur l'autre terme de l'équation : vous.

## MESSAGE DE GRETA, TUEUSE DE VAMPIRES

Soyez sûre que je comprends pourquoi vous en êtes dingue. Au départ, pieu brandi, vous pourchassez votre grand vampire pâle à l'indéniable beauté dans une allée sombre, prête à accomplir votre boulot ; ensuite vous êtes contrainte d'écourter vos rancards et de vous ruer chez vous avant 5h30 du matin afin que le soleil levant ne le réduise pas en cendres. C'est vrai que les choses sont tellement palpitantes au début.

Mais vient le moment où la lune de miel s'achève, et où vous devez choisir entre un pique-nique nocturne au cimetière (romantisme garanti) et votre mission (qui suppose en général d'exterminer la moitié de son clan, proche comme éloigné). Il est déjà assez dur de sauver le monde sans aussi s'inquiéter de liquider accidentellement le tonton Al de votre petit copain vampire. C'est bien trop de stress, les filles. Êtes-vous vraiment sûres de l'avoir dans le sang ?

Votre mère vous a sans doute avertie que les vampires ne voulaient qu'une chose et une seule : votre sang. Au mieux, c'est une simplification grossière, pour ne pas dire une pure calomnie. Les vampires sont des êtres complexes aux désirs complexes. Si nous cédions à toutes les filles qui se présentent, il y aurait beaucoup moins de vampires célibataires, et encore moins de filles en vie.

## ce qu'un vampire recherche chez une fille

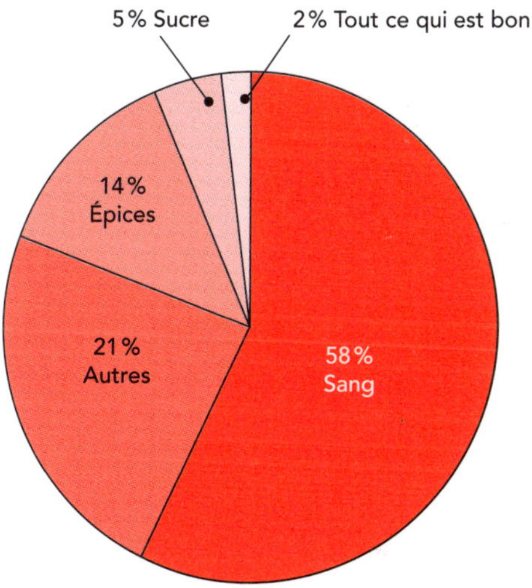


Bien que, personnellement, je juge avilissante l'expression « piège à vampire », l'élan qui vous pousse à vous rendre présentable n'est pas dénué de fondement. Par « présentable », je ne veux pas dire que vous devez vous habiller en noir et vous piquer le doigt. J'ai invité quelques-uns de mes amis les plus attirants à intervenir sur la sempiternelle question : « Que recherchez-vous chez une fille ? » Vous trouverez leurs réponses dans ce chapitre. Je vous y dispenserai également les informations qui vous aideront à attirer l'un de mes frères de sang, aussi sûrement qu'une lampe attire un papillon, mais sans l'étape immolation, bien sûr. (*S'immoler* signifie se consumer, les filles. *Se consumer !*)

J'apprécie un joli sourire, une vraie personnalité et le sang O négatif.

SIMON, 902 ans

J'aime qu'une gonzesse ne me demande pas, genre, de la transformer en vampire dès notre premier rancard. Moi, je dis, hé, y' a rien qui urge ! Je tiens d'abord à te connaître un peu.

THEO, 112 ans

J'adore qu'une fille à l'air plutôt intelligent soit prête à risquer sa peau au moins deux fois par jour pour que sa survie dépende entièrement de moi. Si elle est mignonne, je n'hésite jamais, je la sauve à tous les coups.

JOSEPH, 73 ans

# êtes-vous réellement le genre de fille qu'il souhaite mordre à pleine dents ?

Ses vêtements sombres vous donnent la chair de poule, sa peau d'albâtre est irrésistible, mais comment deviner si vous lui inspirez l'envie de fuir ou de s'incruster toute la nuit ? Répondez à notre test pour le savoir.

1. **Par un beau jour d'été, vous êtes sans doute :**
   a. À la plage, en train de vous enduire d'huile solaire.
   b. Dans un magasin de musique alternative, à errer comme une âme en peine.
   c. Dans votre chambre où, volets fermés, vous dormez jusqu'au crépuscule.

2. **Quel plat cuisineriez-vous pour un dîner romantique ?**
   a. Un steak tartare.
   b. Des pâtes à l'ail et à l'huile d'olive.
   c. Des sandwiches végétariens au fromage.

3. **Il vous envoie des fleurs. Vous êtes ravie car le bouquet est essentiellement composé de :**
   a. Aconits tue-loup.
   b. Belles de nuit séchées.
   c. Les fleurs sont d'une banalité ! Pourquoi pas une branche de saule pleureur, plutôt ?

4. **À quelle heure de la journée êtes-vous la plus active ?**
   a. L'action n'est pas franchement mon fort.
   b. Au petit matin. Les premières lueurs de l'aube vous donnent la pêche.
   c. Juste aux alentours de minuit.

**5. La vue du sang vous :**

a. Est égale. Pff! Ce n'est que du sang! D'ailleurs, nous mourrons tous.

b. Déclenche une poussée d'adrénaline, et vous perdez conscience.

c. Fait vomir.

**6. S'il fouillait votre armoire, il y trouverait pour l'essentiel :**

a. Des polos de toutes les couleurs pastel existantes.

b. Des slims.

c. Des corsets vintage datant du XVIIIe siècle.

**7. Dans quel sport excelle votre homme idéal ?**

a. Le jet de pierres sur paysans depuis la fenêtre de son château.

b. Le foot.

c. Le skate.

**8. Ce que vous craignez le plus :**

a. Être incomprise.

b. Le noir.

c. Une cabine d'UV.

**9. Si vous vous promeniez la nuit le long d'un cimetière, vous choisiriez :**

a. D'y faire un saut. Vous vous y sentez comme chez vous.

b. De presser le pas en retenant votre souffle le plus longtemps possible.

c. De composer une chanson sur le doux chagrin que vous inspire la mort.

**10. Pour vous, les vacances de rêves, c'est :**

a. Une croisière aux Bahamas.

b. Siroter un café estampillé commerce équitable à Brooklyn.

c. Une séance de spéléo dans les grottes de Roumanie.

# résultats

**COMPTEZ VOS POINTS EN FONCTION DE VOS RÉPONSES :**

**1.** **a.** 1 **b.** 2 **c.** 3
**2.** **a.** 3 **b.** 2 **c.** 1
**3.** **a.** 1 **b.** 3 **c.** 2
**4.** **a.** 2 **b.** 1 **c.** 3
**5.** **a.** 2 **b.** 3 **c.** 1
**6.** **a.** 1 **b.** 2 **c.** 3
**7.** **a.** 3 **b.** 2 **c.** 1
**8.** **a.** 2 **b.** 1 **c.** 3
**9.** **a.** 3 **b.** 1 **c.** 2
**10.** **a.** 1 **b.** 2 **c.** 3

---

### DE 10 À 16 POINTS

**Vous n'êtes pas sa tasse d'hémoglobine.** Vous le trouvez sûrement sexy, mais votre relation est vouée à l'échec. Vous seriez mieux avec un humain. Lui et vous n'avez pas assez de points communs pour que ça dure plusieurs vies.

---

### DE 17 À 23 POINTS

**Oubliez l'hémo, essayez l'émo.** Ce dernier présente des ressemblances frappantes avec le vampire, même s'il n'est pas immortel, juste boudeur. Certes, les immortels seront susceptibles de craquer pour de gentes damoiselles comme vous, mais vous n'avez pas ce qu'il faut pour retenir leur intérêt à long terme.

---

### DE 24 À 30 POINTS

**Vous allez lui fouetter les sangs !** (Bon, pas au sens littéral, mais vous m'avez compris.) Vous êtes exquise comme un canard au sang, et il a hâte de vous déguster. À l'avenir, votre quotidien pourrait fort bien être constitué de promenades dans un cimetière au clair de lune.

Aussi fragile, douce, mignonne et névrosée que vous soyez, n'oubliez jamais que votre chéri ne se rongera les sangs pour vous qu'à condition que vous ayez un atout incontournable : votre groupe sanguin. Je vous entends déjà : « Minute, Vlad ! Il y a quelques pages à peine, vous avez soutenu que les vampires ne recherchent pas les filles seulement pour leur sang. » OK. Ce détail n'en est pas moins un facteur primordial dans la décision d'un vampire. S'il a envie de vous, et non d'un arbre par exemple, ce n'est pas pour rien.

Tâchez d'envisager la situation comme suit : tout le monde a des préférences. Certains humains ne sortent qu'avec des blondes, d'autres apprécient les supports à piercings ou les joueuses de hautbois. Les vampires ont, eux aussi, leurs domaines de prédilection. Surtout quand il s'agit des groupes sanguins. Pour éviter de vous casser les dents, il est essentiel de déterminer si vous êtes ou non appétissante aux yeux de votre vampire. Rappelez-vous qu'il est inutile de lui faire goûter votre sang : sa seule odeur suffit à le rendre dingue. Et puis, il est indispensable de le laisser sur sa faim.

Les filles à la chevelure d'un noir bleuté sont particulièrement séduisantes, parce que quand vous jouez avec leurs cheveux, vous n'avez aucun mal à imaginer que ce sont des veines.

GUSTAV, 430 ans

J'ai envie d'une nana qui rit à mes blagues, même si elle m'entend les lui raconter pendant six cents ans.

IGNATIO, 803 ans

J'aime les filles qui laissent le cercueil dans l'état où elles l'ont trouvé.

GLEN, 194 ans

Me plaisent les filles aux longs cheveux bruns qui aiment broyer du noir, seules pendant des heures au milieu d'une forêt : je trouve ça SUPER SEXY. Elles sont tellement silencieuses qu'on dirait des biches.

WOLFGANG, 102 ans

Je recherche l'assurance ! Tant de nanas sont si peu sûres d'elles-mêmes qu'elles passent leur temps à se regarder dans le miroir. N'importe quoi ! Si ça ne me gêne pas de ne pas distinguer mon reflet dans une glace, je ne comprends pas qu'une donzelle ait envie de consulter le sien 24 heures sur 24.

BARTHOLOMÉO, 173 ans

# groupes sanguins à la carte

## groupe A+/A-

**GOÛT :** corsé, saveurs boisées teintées de cannelle.

**ATTIRE :** les vampires actifs et francs du collier qui apprécient la randonnée (quand le temps est couvert bien sûr).

**OÙ LE TROUVER :** cherchez le type pâle portant une veste en mouton retourné de Patagonie. Il craquera en vous voyant.

---

## groupe B+/B-

**GOÛT :** délicat et tenace avec des notes de vanille et de jasmin. Un taux de sucre élevé accentuant les saveurs, arrangez-vous pour grignoter un peu de chocolat avant la rencontre.

**ATTIRE :** les vampires présentant des tendances artistiques et enclins à l'introspection.

**OÙ LE TROUVER :** c'est celui qui vous dévisage en cours de dessin, captivé par la profondeur de votre regard et les palpitations de votre jugulaire.

---

## groupe O+/O-

**GOÛT :** robuste, arrière-goût de gibier, traîne en bouche.

**ATTIRE :** les vampires badins et extravertis qui aiment les décapotables et le sport.

**OÙ LE TROUVER :** debout à l'arrière d'une jeep, quand lui et ses potes déboulent sur le parking du lycée.

## groupe AB +

**GOÛT :** acerbe et hardi, avec des effluves de réglisse. Les fans d'AB+ trouvent son odeur d'autant plus irrésistible quand le sang est légèrement frappé. Par conséquent, oubliez votre pull dans la voiture et entraînez-vous à frissonner comme une reine pour obtenir des résultats maximums.

**ATTIRE :** les vampires rebelles et les mauvais garçons.

**OÙ LE TROUVER :** lors d'un raid en motocross à travers la Roumanie. Vous pouvez dès maintenant commencer à économiser vos points fidélité sur la compagnie aérienne de votre choix.

---

## groupe AB -

**GOÛT :** complexe mais doux, avec des touches de miel et un goût en bouche étonnamment floral.

**ATTIRE :** les vampires mélancoliques broyeurs de noir.

**OÙ LE TROUVER :** dans le cimetière du coin, languissamment appuyé à une pierre tombale couverte de mousse, absorbé par la lecture d'un recueil de poésie. Si vous voulez séduire un vampire de ce type (aussi recherché qu'insaisissable), allongez-vous de manière dramatique en travers d'une stèle voisine et poussez des soupirs à fendre l'âme… Il sera comme un enfant entre vos mains torturées et lasses.

CHAPITRE TROIS

# faites-le mordre à l'hameçon

Après avoir établi qu'il est celui qui vous convient et que vous êtes celle qui lui convient, il est temps d'aborder le sujet non négligeable de la prise de contact. Au cours des siècles, on a souvent accusé les vampires de jouer les bêcheurs, de se faire désirer. Il n'y a pas de jeu qui tienne : nous ne nous donnons pas facilement, c'est tout. Mais n'ayez crainte ! Avec les paroles et les gestes adéquats, vous devriez arriver à fracturer son mausolée.

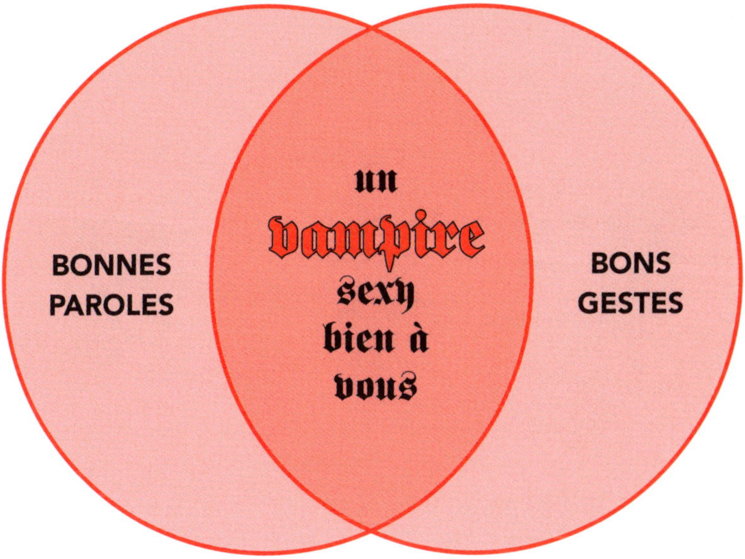


Vous êtes nerveuse, n'est-ce pas ? Vous vous dites : « Il serait sans doute préférable que je garde mes distances. Et si je ne l'aimais qu'en secret ? » Un petit aréopage de tristes poètes applaudit. Croyez-moi, vous méritez mieux. Tant que vous ne lui aurez pas parlé, vous vous rongerez les sangs ; tant qu'il ne sera pas vôtre, vous resterez sur les dents. Inutile de vous voiler la face : vous n'avez pas le choix. Maintenant que vous avez déniché votre vampire idéal, vous êtes forcée d'aller jusqu'au bout.

Bienheureuses mortelles ! Les actes et les mots ne sont pas les seules choses qui parlent aux vampires. Contrairement aux humains, qui ne sont capables de se concentrer que sur un sens à la fois (et ne sont, semble-t-il, enclins à se concentrer que sur une – allez, deux – partie(s) de l'anatomie à la fois), les princes du sang voient le tout. Il suffit souvent d'un habile mélange de messages sensuels pour que l'indifférence se métamorphose en amour. Nous allons donc examiner les meilleures façons d'attirer l'œil – et le nez ! – de votre chéri.

# odeurs susceptibles de tourner les sangs d'un vampire

Quand vous avez envie d'un hamburger, vous ne le couvrez pas de pétales de roses, n'est-ce pas ? Eh bien, c'est pareil pour vous. Les parfums sont des handicaps. C'est aux *odeurs* que les vampires ne résistent pas.

---

## la peur

**Légèrement âcre, vaguement acide, la fragrance de votre peur amènera très vite votre vampire à saliver.** Forcez-vous à regarder beaucoup de films d'horreur, débrouillez-vous pour que votre petit frère vous saute dessus de derrière le canapé, au moment où vous vous y attendez le moins. N'oubliez pas de ramener vos cheveux en arrière, de manière à ce que le bouquet de votre cou ne soit pas masqué par le parfum de votre shampooing !

---

## le désespoir

**Quel effluve délicat !** Car il y a désespoir (préserver votre fragile existence) et désespoir (mettre à tout prix le grappin sur un vampire). Essayez de penser : « Je vais mourir, je vais mourir », et non : « Je vais mourir vieille fille. » Ça devrait le faire.

---

## l'adrénaline

**Votre cœur bat-il la chamade ?** Votre estomac est-il noué ? Par exemple, traversez une forêt en courant ou parcourez votre maison à tâtons, toutes lumières éteintes. Le fumet aux relents de zinc de l'adrénaline imprègne le sang qui circule dans vos veines. L'heure d'un corps à corps torride a sonné !

---

## ✣ le désir

**Il sera intoxiqué par la suavité douceâtre d'un désir languide.** Qui déteste être aimé, en effet ? Pour le tacle final, jouez la carte du désir sans espoir : les vampires assurent que l'odeur n'en est que plus complexe et satisfaisante.

---

## ✣ le sang

**Prête à sortir la grosse artillerie ?** Piquez-vous le doigt et mettez un peu de sang dans le creux de vos oreilles, de vos poignets et surtout de votre cou. Ce petit truc est réputé dangereux, car il est susceptible d'exciter certains vampires au point qu'ils vous tuent. Mais bon, ça marche dans au moins 50 % des cas.

## les conseils de braun stein pour une beauté éternelle

Je ne saurais différencier un recourbe-cils d'un appareil de torture. En revanche, ma vieille camarade Braun Stein occupe la scène du glamour depuis qu'Élisabeth I$^{re}$ a commencé à se maquiller. Je vous livre ci-dessous ses paroles pleines de sagesse : « Jetez-moi votre *Muteen* par la fenêtre de votre chambre (en prenant soin, bien sûr, de ne pas dégommer le vampire qui poireaute dans l'arbre juste devant). Ces magazines sont bons pour les bébés. Vous êtes une grande fille désormais. »

### maquillage

Restez simple. Dans le doute, posez-vous la question suivante : « Si j'échouais sur une île déserte, quels sont les trois produits dont je ne pourrais pas me passer ? »

1. **CRÈME SOLAIRE PROTECTION 100 OU PLUS.** (Si cette suggestion vous étonne, merci de donner cet ouvrage à une copine qui saura en faire bon usage.) Sinon, vous serez obligée de vous enterrer pendant trois mois à la maison afin de perdre votre bronzage. Certes, ce délai ne représentera rien pour votre vampire, mais vous aurez l'impression de gaspiller votre précieuse vie.

2. **FOND DE TEINT, SI POSSIBLE LE MOONBEAM.** Les autres blancs sont tout simplement nuls. Vous recherchez en effet l'effet pâle, pâle, pâle et un léger nimbe de rosée. Est-il utile de développer ?

3. **ROUGE À LÈVRES CRAMOISI.** Et pas de ces saletés brillantes à paillettes, s'il vous plaît. Non, je veux ici parler de ce produit épais et solide avec lequel vous pourrez laisser sur les miroirs des mots d'amour à votre vampire (enfin, façon de parler).

## mode

Votre garde-robe regorge d'écossais ? D'élasthanne ? De Juicy Couture ? Eh bien, c'est fini ! Donnez-moi tout ça à des œuvres de bienfaisance ou, mieux encore, à une fille qui, contrairement à vous, ne dégagera jamais de véritable vampire-appeal. Pareil pour vos polos, vos bottes molles, vos pulls ajustés et vos tee-shirts trop larges. Il n'existe rien de plus classe en matière de vampire-chic que les basiques suivants :

- **CORSETS VICTORIENS.** Plus leur décolleté sera plongeant, plus il y aura de cordons à délacer, mieux ce sera ! Vous trouvez qu'il fait trop froid pour une tenue aussi légère ? Rappelez-vous que la chair de poule est *sexy*.

- **SOUTIENS-GORGES PIGEONNANTS.** Si la nature s'est montrée généreuse avec vous, tant mieux. Sinon, n'hésitez pas à recourir aux artifices modernes ! Une poitrine généreuse mettra en valeur votre gorge.

- **RIEN NE VOUS RENDRA AUSSI COQUINE QUE CES BOTTINES À LACETS, SI DÉMODÉES QU'ELLES EN SONT TENDANCE.** Oh la la ! Certes, elles seront tout sauf pratiques pour courir dans la forêt. Cependant, avant d'y renoncer, n'oubliez pas que la vulnérabilité est aussi le but du jeu.

- **À DÉFAUT D'AUTRE CHOSE, S'IL VOUS PLAÎT *(PITIÉ !)*, MERCI D'ÉVITER LE ROSE PÂLE, LE BLEU PÂLE, LE JAUNE PÂLE, LE MAUVE PÂLE...** Bref, tout ce qui est pâle. Les couleurs sombres feront ressortir la translucidité de votre peau. Il va sans dire que vous devrez fuir les imprimés (cachemire, rayures, etc.) comme la peste. Vous ne voudriez tout de même pas qu'ils le distraient de votre corps joliment corseté et plein de sang chaud, non ?

# comment aborder un vampire ?

Maintenant que vous avez l'odeur et le look, vous voici parée à l'abordage.

Bonne nouvelle : vous n'avez pas besoin d'un pieu pour vous frayer un chemin jusqu'à son cœur. Il vous faut seulement prendre l'initiative.

« Qui ? Moi ? », demandez-vous.

Oui, vous.

Les vampires ne font jamais le premier pas. Sauf s'ils ont envie de se boucher une dent creuse. Mais en cas de rendez-vous galant, non. Ce n'est pas dans leurs gènes.

Parlez-lui. Parfois, une simple phrase suffit pour entrer en matière.

## essayez

1. Connais-tu le chemin du cimetière ? Je suis sur le point de mourir entre tes bras.
2. Si les regards pouvaient tuer, Van Helsing perdrait son boulot !
3. As-tu un verre sous la main ? Parce que je me suis coupé le genou quand je suis tombée amoureuse de toi.
4. Si j'arrête la bière, m'inviteras-tu dans la tienne ?
5. Est-ce une marche funèbre de Purcell que j'entends ou rien que le sang qui bat dans mes veines exquises ?

## évitez

1. Sois l'ail de mes pâtes au pesto.
2. Ta présence illumine la pièce. Acceptes-tu d'être le soleil de tous mes matins ?
3. Quand je t'ai rencontré, j'ai cru entendre les cloches sonner.
4. Tu m'as frappée en plein cœur, telle une balle d'argent.
5. Y a-t-il un miroir dans ta tombe ? Je ne peux pas voir de quoi j'ai l'air là-dedans.

J'aime bien quand une fille a le cran de m'aborder. Il est déjà assez dur de fréquenter une humaine. Certaines moqueries de mes camarades vampires ont parfois été très cruelles. Bref, il est bon de savoir qu'on ne sera pas rejeté. Et puis, avoir accès aussi facilement au sang est très plaisant.

SIMON, 902 ans

Je ne trouve rien d'aussi sexy chez une fille qu'une respiration haletante. Comme si un château fort oppressait sa poitrine. Wouah ! Chouette ! Si, en plus, l'odeur du sang est tellement prenante que j'ai l'impression de le lécher... Miam.

THÉO, 112 ans

Ce que je préfère, c'est quand je la sauve. Pas complètement, cependant. Par exemple, le couteau fend l'air, et je réussis à le détourner, mais il coupe quand même un petit bout de son oreille. Comme ça, il y a du sang partout. Ou alors, elle est attachée sur les rails du chemin de fer, je surgis et je la libère, sauf que - houps ! - une de ses jambes reste coincée. Certes, je la veux vivante. N'empêche, une mare de sang est un bonus supplémentaire... Pardon, une beauté supplémentaire.

GUSTAVO, 182 ans

Vous n'aurez pas manqué de repérer un thème récurrent au fil de ces pages. Si vous n'êtes pas convaincue que votre sang constitue l'un de vos principaux attraits, c'est que vous n'avez pas jeté votre dévolu sur le bon gars ! Votre rancard doit d'abord apprécier votre sang à son juste prix : il est ce qui vous donne la vie, après tout. Sinon, il risque de passer à côté de vos autres charmes. En appréciant la valeur de votre hémoglobine, un vampire vous délivre un message : « J'aime ce qu'il y a de plus profond en toi, la substance qui anime la moindre parcelle de ton corps. » Bref, il vous aime à un degré cellulaire. Certes, il est également affamé. Mais s'il vous parle au lieu de vous saigner, c'est qu'il vous aime, ma chère.

Tous les miens ne nourrissent pas des intentions aussi pures, fort malheureusement. Une phrase-clé vous permettra néanmoins de mieux cerner quelles sont les vues de votre vampire sur vous. Nous allons à présent l'analyser soigneusement.

## « je veux te sucer le sang » : décryptage

Vous êtes donc en train de papoter gentiment, lorsque il lâche tout à trac : « Je veux te sucer le sang. » La seule façon de déterminer si vous devez vous pâmer et tomber follement amoureuse, ou attraper aussi sec votre pieu et vous réfugier au soleil, c'est d'écouter sur quel mot il insiste. Suivez le guide :

### « **je** veux te sucer le sang »

**Ce n'est qu'un crétin égocentrique.** Seuls ses petits besoins personnels l'intéressent. Ne vous attendez pas à trouver l'amour éternel auprès de ce narcissique capricieux.

### «je veux te sucer le sang»

**Seuls ses désirs comptent, alors?** Pour le savoir, répliquez : «Et moi, je veux te manger les lèvres.» Si, au lieu de vous embrasser, il recule, horrifié, ce vampire ne vous convient pas. Si, au contraire, ses lèvres se plaquent sur les vôtres, préparez-vous à un régime sans ail pour très, très longtemps.

### «je veux te sucer le sang»

**Oh mon dieu ! Il est mordu, et pas seulement de votre sang, mais de vous en tant que personne !** Inutile d'acheter tout de suite une robe de mariée noire, mais il se pourrait bien que vous ayez rencontré l'amour qui vous procurera le bonheur éternel.

### «je veux te sucer le sang»

**Veut-il s'en gargariser? Non.** Veut-il s'en servir pour faire de la pâtisserie? Non. Insister sur le mot sucer est signe de grande passion. Le problème est de déterminer si cette passion vous concerne ou si elle concerne seulement votre hémoglobine. Quoi qu'il en soit, vous l'attirez vraiment, ce qui est déjà super!

### «je veux te sucer le sang»

**Beurk ! Clairement, ce vampire n'en a qu'après vos veines et non après votre esprit charmant.** Même s'il est agréable d'être désirée, j'ai bien peur que vous ne soyez partie pour un chagrin d'amour.

Il se peut que, au fur et à mesure de la conversation, vous vous heurtiez à quelques écueils. Un grand homme (Marcel Proust? Winston Churchill?) n'a-t-il pas dit un jour : «Parler avec un vampire est très difficile.» Il avait parfaitement raison. C'est très difficile. Soyons francs : les vampires sont plus âgés, plus sages, plus intelligents et plus cultivés que les mortels. Ils ont aussi voyagé et lu davantage qu'eux. Cependant, ne désespérez pas. Lorsque nous autres princes du sang discutons avec vous, nous ne cherchons en réalité qu'à vous épater par la puissance de notre éclat et le raffinement de nos goûts.

Vous allez aussi devoir renoncer à quelques-uns de vos préjugés d'humaine. Bien que nous appréciions la fougue et la férocité de votre sens de l'indépendance, nous n'aimons guère la contradiction. Pour que votre conversation soit éblouissante, nous vous conseillons d'y incorporer une ou plusieurs des phrases suivantes :

- **« Oui, j'adorerais passer les vacances de Pâques en Transylvanie ! Je suis bien d'accord : rien n'est plus atroce qu'Acapulco. »**
- **« Non, ne t'inquiète pas. Je comprends que la mort de mon frère ait été un accident. Ces choses-là arrivent. »**
- **« J'aimerais beaucoup entendre un autre poème sur ma façon de me brosser les cheveux. »**
- **« Mon ex conduisait trop lentement à mon goût. Qu'est-ce que ça m'agaçait quand il refusait de rouler à plus de 130 km/h ! »**
- **« Bien sûr, je serai ravie d'avoir une chauve-souris apprivoisée. Ces gros nuls de labradors ne dorment pas la tête en bas et ne connaissent même pas l'écholocation. »**

Toutes les filles n'ont pas forcément une bonne repartie (ni la langue bien pendue). Inspirez-vous des erreurs de celles qui vous ont précédées grâce aux témoignages suivants.

J'étais dans une animalerie quand j'ai repéré un super beau mec. Voulant briser la glace, j'ai dit : « Oh mon dieu ! Ces chiots sont à croquer ! » C'est là qu'il m'a répondu que les bull-terriers étaient bien plus nourrissants. Je me suis enfuie à toutes jambes. À la réflexion, je regrette de ne pas m'être montrée plus ouverte.

ABIGAIL, 16 ans

Pour le dernier Halloween, j'étais à une fête. Près du buffet, j'ai vu ce type hyper sexy : 1,85 m et un costume de Dracula qu'il ne pouvait pas avoir acheté n'importe où, etc. Je me suis donc approchée pour le complimenter. C'est là qu'il m'a balancé : « Voyons, chérie, ce n'est pas un déguisement mais un authentique costume Lanvin d'époque en provenance de Transylvanie. » La honte !

TRUDY, 15 ans

Je pensais plaire à Sebastian mais j'avais peur qu'il ne mette un siècle avant de me demander de sortir avec lui. Du coup, quand je me suis écorché le genou, j'ai fait le tour de mon jardin en laissant des traces de sang à son intention. Sebastian ne m'a toujours pas appelée et, maintenant, mon chien et mon petit frère ont disparu. En plus, mes parents m'ont punie, je suis privée de sortie ! Trop injuste !

LINDSAY, 17 ans

# CHAPITRE QUATRE

# Coup de foudre

Même les immortels sont nerveux avant leur premier rendez-vous. Pas autant que vous, certes : nos paumes ne sont pas moites, notre ventre n'est pas noué, nous ne rougissons jamais. Mais si nous tenons suffisamment à l'objet du flirt, nous nous inquiétons de la façon dont le rancard va se dérouler. Par ailleurs, le stress augmente votre pression sanguine, ce dont nous raffolons : c'est super sexy.

Le premier obstacle est bien sûr de déterminer l'endroit de cette rencontre et ce que vous y ferez. Il ne faut pas qu'il soit trop romantique, mais pas trop décontracté non plus. Prêtez attention à ce qui suit.

## MESSAGE DE GRETA, TUEUSE DE VAMPIRES

En dépit de mes conseils, vous voulez toujours sortir avec lui, hein ? OK. Mais protégez-vous pour ne pas vous en mordre les doigts par la suite.

- **Vaporisateur.** Mélangez-y un peu d'ail et d'eau. Si votre chéri devient soudain mordant, cet outil sera encore plus efficace qu'une bombe au poivre.
- **Eau bénite.** Un petit pschitt ! fera toute la différence.
- **Clochette.** D'accord, le serveur risque de croire que vous l'avez appelé. Mais, si besoin est, une cloche qui sonne obligera votre rancard à retirer sa main de votre genou (ou son genou de votre cou).
- **Miroir de poche.** S'il exhibe quelque chose que vous n'avez pas envie de voir, rendez-lui la pareille. Très utile aussi pour retoucher votre maquillage.
- **Crucifix.** Prenez la précaution de le glisser dans votre poche. Ainsi, vous n'aurez pas à farfouiller dans votre sac à main en cas d'urgence.

# étiquette vampirique

Les vampires diffèrent des mâles humains (c'est pour ça qu'ils vous attirent !), alors ne vous attendez pas à ce qu'ils se comportent comme vos précédents rancards, des types à la carnation minable et aux excuses encore plus minables. Sortir avec un vampire suppose de ne jamais oublier ces fondamentaux :

**ponctualité** ✣ Soyez toujours à l'heure, tout en sachant que votre vampire a toutes les chances d'être en retard. Comme il traîne ses guêtres dans le coin depuis des siècles, il n'a plus guère la notion du temps.

---

**dîner** ✣ Essayez de le retrouver dans un lieu où vous ne mangerez pas. Bowling, ciné ou n'importe quelle activité supposant une pièce caverneuse dénuée de fenêtres. Si, toutefois, la question du dîner se pose, soyez généreuse : préférez un steak tartare à une salade.

---

**conversation** ✣ Votre chéri a de l'expérience à revendre : préparez-vous à l'avance. Rédigez des fiches qui vous permettront de mémoriser les rois et les reines européens de ces cinq cents dernières années et veillez à connaître à fond l'histoire politique de la Roumanie depuis le XVIIe siècle. Ne lui demandez surtout pas combien de personnes il a saignées. Aborder le thème de ses victimes au premier rendez-vous est d'une rare impolitesse.

---

**autres femmes** ✣ La serveuse flirte avec lui ? Serrez les dents ! Ensuite, renversez « accidentellement » votre verre d'eau sur votre jupe. Alors que votre rivale porte sans effort d'énormes plateaux, vous êtes trempée. À votre avis, laquelle de vous deux aura le plus besoin d'être sauvée ? Eh oui ! Vous avez remporté cette manche.

En guise d'illustration, j'ai décidé de vous autoriser à être la petite (chauve) souris cachée dans la pièce lors d'un premier rendez-vous galant entre une mortelle et un immortel. Bridget, 17 ans, est en terminale au lycée de Millburn, dans le New Jersey, où elle fait partie de la chorale et du comité pour la sécurité routière. Flavian, 212 ans, est un écrivain accompli, doublé d'un philatéliste de goût. Il a récemment mis un terme à une longue relation. Voici leurs comptes-rendus respectifs.

## Bridget

J'étais super nerveuse à la perspective de mon rancard avec Flavian. La rumeur affirmait qu'il n'était sorti avec personne depuis que sa dernière petite amie était morte de tuberculose, en 1902. Du coup, je me suis dit qu'il fallait que je joue la carte du vintage, histoire de ne pas le dépayser. J'ai opté pour une robe en dentelle à col haut absolument sublime, à laquelle j'ai apporté quelques touches de modernité. L'idée était de donner une image d'intemporalité. Genre : « Vise un peu, je serai sexy à n'importe quelle époque. » (Des fois qu'il ait envie de me transformer un de ces jours prochains.)

Flavian est passé me prendre dans sa BMW, ce qui était vachement cool, mis à part que je me suis cassé la figure dans l'allée. J'étais hyper embarrassée. Imaginez qu'il m'ait prise pour une maladroite ! Il m'a emmenée dîner, une gentille attention de sa part, vu que lui ne peut pas. Manger, s'entend. La conversation a été plutôt intéressante. Il m'a parlé de son enfance au XVIIIe siècle, et des gens qui se disputaient tout le temps. En effet, il n'y avait ni Wikipédia ni iPhone, donc il était impossible de vérifier un truc et de balancer : « Là, je te l'avais bien dit ! Les sangsues n'étaient pas une bonne idée. »

Mais ensuite, c'est devenu un peu bizarre. Flavian s'est tu et m'a fixée pendant que je mangeais. Croyant que j'avais quelque chose de coincé entre les dents, je suis allée aux toilettes.

À mon retour, je suis passée devant une table où étaient installés des types du bahut. Ce qui est génial parce que, maintenant, tout le monde est au courant que je suis sortie avec un vampire. (La semaine prochaine à la cantine, c'est moi qui aurai le droit de m'asseoir à la table la plus populaire !)

Quand j'ai rejoint Flavian, il tirait une drôle de bobine. Il a posé brutalement de l'argent sur la table, m'a prise par la main et m'a entraînée hors du restaurant. Lorsque je lui ai demandé ce qu'il avait, il m'a répondu que ces types avaient eu des idées « scabreuses » à mon sujet (précision : Flavian peut lire dans l'esprit des gens). J'ai trouvé cette réaction protectrice plutôt mignonne, même si j'aurais bien avalé quelques bouchées supplémentaires de mon hamburger.

Nous sommes retournés à la voiture et Flavian m'a ramenée à la maison. Il m'a embrassée sur la joue (quelle élégance !) et m'a souhaité bonne nuit. J'ai passé une soirée agréable et adorerais recommencer. Lui en revanche, je ne sais pas trop. J'imagine que je n'ai plus qu'à attendre et voir.

## FLAVIAN

Quand j'ai vu Bridget attifée de cette robe hideuse à col roulé, j'ai grincé des dents. Pour un vampire, c'est l'équivalent d'un sac à patates. Bref, j'ai d'abord cru qu'on courait à la catastrophe. Heureusement, elle a trébuché sur le chemin de la voiture. Sa fragilité m'a aussitôt séduit. Elle était si jolie et délicate, si totalement inadaptée à ce monde moderne plein de dangers, comme des allées de gravier et des têtes d'arroseurs cachées dans l'herbe. Je me suis brusquement rendu compte que j'allais devoir la protéger. Je serais son gardien contre les forces du Mal (les chaussures instables, par exemple).

Durant le dîner, j'ai été captivé par sa façon de manger, fasciné par les morceaux potentiellement mortels qui descendaient le long de sa gorge sublime. À n'importe quel moment, l'un d'eux aurait pu se loger dans sa trachée. Voilà pourquoi j'ai préféré me taire et me concentrer sur sa déglutition, de manière à être prêt à pratiquer la manœuvre de Heimlich en cas de besoin. Quand Bridget est revenue des toilettes, elle est passée devant une table pleine d'humains répugnants et méprisables qui nourrissaient à son sujet les intentions les plus scabreuses. L'un d'eux, un vermisseau de rien du tout, s'est rappelé qu'elle aimait le frisbee et a songé à lui proposer de devenir membre du club du lycée. C'était proprement révoltant. Vous imaginez mon ange précieux cerné par des disques volant dans tous les sens ?! Et si l'un d'eux lui écrasait le larynx ? Ou la frappait à la tempe ? Furieux, j'ai été contraint d'écourter le repas avant que d'autres idées aussi odieuses ne traversent l'esprit de ce crétin.

J'ai ramené Bridget chez elle. Une fois sûr qu'elle était en sécurité, j'ai contourné la maison et escaladé l'arbre de son jardin. Voilà trois nuits que j'y suis assis, à l'observer, des fois qu'il lui arrive quelque chose. J'ai failli intervenir quand elle a grimpé sur une chaise pour accrocher un tableau au mur (et si elle était tombée ?), mais je me suis retenu. Demain, je lui offrirai le poème épique de quatre-vingts pages que j'ai composé en l'honneur de sa beauté. Il me reste juste à trouver un vers rimant avec « ravissantes narines » pour terminer la dernière strophe.

Il est très important de vous rappeler que les règles du rendez-vous amoureux ont bien changé depuis l'époque où votre vampire avait quinze ans (pour la première fois). Ne précipitez pas les choses. N'oubliez pas qu'il est pétri d'esprit chevaleresque et d'amour courtois. En même temps, n'ayez pas peur de prendre quelques risques. S'il tente de saisir votre main, pensez à des trucs susceptibles de vous réchauffer et laissez-le faire !

Pour vous aider plus avant, j'ai rassemblé des témoignages d'humaines et de vampires à propos de leurs rendez-vous les plus mémorables. Mémorables au sens désastreux du terme, bien sûr !

Wolfgang était du genre parano, toujours sur la brèche. Pas du tout le vampire cool et détendu qu'on voit à la télé. Nous étions dans un chouette restaurant, et nous apprêtions à commander quand j'ai lâché avec décontraction : « Tout ça est tellement mieux que passer sa soirée au pieu. » Eh bien, figurez-vous que Wolfgang n'a entendu que le mot « pieu » ! Il s'est levé d'un bond, m'a fait une scène pas possible et a filé. Désolée, mais n'importe qui aurait pu commettre la même bévue.

DELILAH, 17 ans

Je lui ai montré mes dents, elle m'a montré la porte.

NICHOLAI, 333 ans

Plus *jamais* je ne retournerai à un blind date sans m'être d'abord renseignée sur la longévité de mon rancard.

REESE, 15 ans

Les vampires ne dansent pas le cha-cha-cha, point barre.

EUSTON, 492 ans

Les vampires sont connus pour leur franchise. Alors que les paroles des garçons ont la consistance de la chair gélatineuse, les nôtres sont pareilles à des morceaux de marbre. Malgré cette clarté, vous autres humaines avez parfois du mal à saisir le sens de notre pensée. D'où cet ouvrage, soit-dit en passant. J'aimerais m'arrêter ici sur le langage amoureux. Vous l'avez déjà constaté, une phrase aussi simple que «je veux te sucer le sang» peut recouvrir une multiplicité de significations. Il est donc important que vous soyez sûre de bien comprendre les choses. Il en va de votre vie, après tout.

## le langage amoureux : ce qu'il dit et ce qu'il pense

**IL dit** : «Tu es exquise, ce soir.»
**IL pense** : «Tu es très belle, ce soir.»

**Aussi bizarre que cela vous semble, c'est vraiment le plus beau compliment qu'il puisse vous adresser.** Souriez et remerciez-le. Évitez de lui dire qu'il est exquis lui aussi, ça n'aurait aucun sens. À la place, répondez : «Moi aussi, je t'ai dans la peau.»

---

**IL dit** : «Allons dans un endroit sombre et isolé.»
**IL pense** : «J'ai envie de mieux te connaître.»

**Si un mortel vous sortait un truc pareil lors de votre premier rendez-vous, vous jugeriez à juste titre que ce type est un cochon fini.** Mais lorsqu'un vampire susurre cette phrase à votre oreille, il se montre tout bonnement adorable. Il tient seulement à mieux vous connaître. Dans l'obscurité, ici, rien de bizarre : ce sera plus facile pour lui. C'est le signe que votre rendez-vous se déroule à merveille, et qu'il s'intéresse à vous (ou à votre sang).

**IL dit :** «Je ne recherche pas vraiment une compagne.»
**IL pense :** «Je vérifie seulement que tu n'es pas seulement attirée par le pouvoir que j'ai de te rendre immortelle.»

**Les vampires se doivent d'être circonspects.** Certaines filles ne veulent que se servir d'eux pour atteindre l'éternité. Aussi, quand un vampire vous dit ça, sachez décrypter : en réalité, vous lui plaisez beaucoup, et il feint le dédain pour vous accrocher encore plus ! Vos réserves de patience signifieront que vous n'êtes pas en quête d'une aventure d'une nuit avec l'éternité au bout. Ces mots montrent donc que tout se passe bien !

Une règle est que les vampires ne sont pas du genre à se répandre. Nous préférons laisser ça au sang qui coule dans vos veines. Par conséquent, à la fin de votre rendez-vous, ne vous attendez pas à savoir ce qu'il pense. S'il ne vous a pas dévorée, vous êtes sur la bonne voie. S'il vous assure qu'il aimerait vous revoir une autre nuit, c'est encore mieux. Il ne va pas pour autant afficher un sourire idiot ou commencer à vous donner un petit nom. Ce n'est pas du tout le style de la maison. Si vous espérez pareilles niaiseries, vous serez déçue à coup sûr. Laissez-le donc s'exprimer à sa façon. Il ne vous enverra pas un texto sitôt que vous serez rentrée chez vous, pas plus qu'il ne se pointera le lendemain avec un bouquet. Il existe cependant des paramètres très clairs, qui vous permettront de déterminer si votre premier rancard a été un succès ou un fiasco.

# amour-mètre

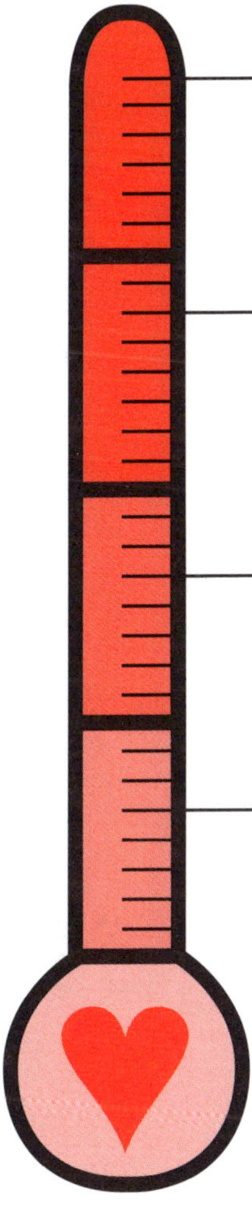

✣ **brûlant !** Il a follement désiré votre jugulaire avant même qu'on serve les amuse-gueule, puis il vous a contemplée avec passion tout en vous promettant l'éternité.

✣ **chaud** Il n'en a voulu qu'à votre gorge dès que vous avez mentionné votre groupe sanguin et il n'a affirmé avoir aimé les mêmes films d'horreur que vous qu'après que vous les ayez cités la première.

✣ **tiède** Il n'a montré d'intérêt que pour ses projets d'éternité et n'a cessé de parler de sa dernière copine, avec laquelle il est resté presque 200 ans.

✣ **froid** Pendant que vous jacassiez comme une pie, il n'a pas arrêté de mater d'autres cous.

# décodez le premier baiser

La plus grande récompense dont puisse vous gratifier un vampire à la fin de votre premier rendez-vous, c'est un baiser furtif. Ne vous attendez pas aux demi-mesures dont les humains se contentent parfois : vous serrer maladroitement dans leurs bras et/ou vous donner une poignée de main et/ou vous gratifier d'une bourrade sur l'épaule. Soit le vampire s'en va, soit il fonce. Lorsque la soirée est finie, et que vous vous êtes dit au revoir, courez chez vous et lisez cette page pour décrypter au mieux les événements.

---

**baiser sur le front** Dans l'univers des garçons le baiser sur le front équivaut à : « Alors, comme ça, ta meilleure copine me trouve mignon ? » Ne craignez rien, très chère, car celui de votre vampire signifiera sans nul doute : « C'est un excellent moyen de humer l'arôme délicieux qui émane de ton cou où bat le sang. » **Restez sur le qui-vive, ça ne fait que commencer !**

---

**baiser dans les cheveux** Vous pourriez croire qu'il s'agit là d'un geste d'un romantisme craquant. Pas du tout, et votre pouls devrait s'accélérer encore plus que lorsque vous empruntez le banc de muscu de votre mère pour raffermir votre petit derrière. **Car ce baiser laisse entendre : « Approche, mon agneau ! »**

---

**baiser dans la voiture** Attention ! Ne vous laissez pas abuser par celui-ci, sans doute le plus tentant et le plus trompeur des baisers. Malheureusement, dans ce cas-là, votre vampire ne s'intéresse pas du tout à vous : il écoute simplement et très (très) attentivement le flux de votre sang tiède et salé qui résonne dans vos tympans. **Restez prudente.**

**baiser léger sur les lèvres** A-t-il été accidentel ? Nous ne sommes pas de cet avis ! Avec les vampires, rien n'est accidentel. **Félicitez-vous, car celui-ci est considéré comme l'un des baisers vampiriques les plus érotiques.**

---

**petit coup de langue** Les choses avancent au galop ! **Demandez-vous : « S'il est d'accord pour échanger nos salives, mon sang sera-t-il la prochaine étape ? »**

---

**papouilles dans le cou** Naturellement, il s'agit là du grand chelem en matière de baiser vampirique. Si vous vous interrogez sur ce qu'il cache, nous vous conseillons de retourner au chapitre un du présent ouvrage et de tout relire depuis le début. Sinon, tenez ce baiser pour acquis ! Si votre chéri commence à se permettre des privautés, reconsidérez votre technique. S'il ne bronche pas, c'est que vous avez la séduction appropriée, chérie ! Non seulement il est en train de s'éprendre de vous, mais il est prêt à se retenir pour vous. **Lisez attentivement les scénarios suivants.**

**Les papouilles dans le cou sont suivies d'un baiser sur l'oreille :** il s'ennuie.
**Les papouilles dans le cou sont suivies d'un baiser sur le front :** désolé, ma belle, il sait déjà ce que vous avez à offrir et l'odeur lui déplaît.
**Le baiser dans les cheveux est suivi par le baiser sur les lèvres, lui-même suivi par les papouilles dans le cou :** vous pouvez commencer à faire vos adieux à votre famille et à vos amis !

Si vous ressortez de ce premier rendez-vous à la fois vivante et aimée, vous êtes prête à passer à l'étape suivante : une relation pleine et entière. Dans la deuxième partie de ce livre, nous allons vous expliquer comment naviguer dans ces eaux traîtresses (et parfois sanglantes).

DEUXIÈME PARTIE

# Vous l'avez eu ? retenez-le !

CHAPITRE CINQ

# conciliez transylvanie et pennsylvanie

Maintenant que vous avez un pied dans la tombe, il faut vous débrouiller pour continuer sur votre lancée. Même si, une fois mordus, nous autres vampires savons tout de suite que nous vous serons entièrement dévoués, nous ne sommes pas du genre à l'avouer. Bien au contraire, nous adorons courtiser nos belles en gardant assez de distance pour entretenir le mystère, mais pas assez pour engendrer leur misère.

Ne précipitez pas les choses. Que ce soit d'ici une semaine ou d'ici deux siècles, vous repenserez avec nostalgie à ces nuits euphoriques où vous avez volé dans les airs et à ces journées douillettes où vous êtes restée enfermée chez vous, les volets clos et blottie sur le canapé, pour regarder de vieux films. L'amour ne consiste pas seulement en grandes déclarations et en dangers permanents. Il réside également dans ces petits gestes simples du quotidien qui permettent au fil des jours de mieux se connaître.

Je vous entends déjà exprimer vos doutes d'une voix tremblotante : « Mais Vlad, comment pourrais-je être à la hauteur d'un vampire ? Il finira par se rendre compte que je ne suis qu'une fille ordinaire, alors que ce prince de Transylvanie est une rhapsodie merveilleuse, une incarnation absolue de la perfection éternelle. »

Je ne vais pas vous mentir, il a de nombreuses qualités dont vous êtes dépourvue. Cela ne signifie pas pour autant qu'il vous faut abandonner la partie avant de l'avoir entamée ! Lorsque vous aurez conquis son cœur, vous contrôlerez la situation. Nous appelons *lien* du sang le phénomène qui voit un vampire renoncer à son immense érudition, à sa vaste expérience, à ses pouvoirs surnaturels et à son look de star pour gagner l'affection d'une humaine. Si vous parvenez à l'amener à ce stade, il sera vôtre, entièrement vôtre. Vos maigres talents seront oubliés, voilés par l'éclat de sa dévotion éternelle.

Le truc, c'est d'entretenir l'intérêt de votre relation et de cacher au mieux votre infériorité. Comment faire ? Pour ça, je suis votre humble serviteur (et sûrement votre unique espoir).

Commençons par cette indéniable réalité : il est beaucoup, beaucoup plus vieux que vous. Je sais que vous préférez en général occulter ce détail : qui a envie de sortir avec un type ayant l'âge de son arrière-arrière-arrière-grand-père ? Par bonheur, sa jeunesse et sa beauté apparentes vous permettront d'oublier qu'il est né bien avant que soit construit tout bâtiment dans lequel vous aurez pu mettre les pieds. Si lui se débrouille aussi bien pour avoir l'air plus jeune, à vous maintenant d'assurer pour avoir l'air *moins* jeune. Voici quelques solutions susceptibles de vous aider.

# dix astuces pour celles qui sortent avec un type bien plus âgé qu'elles

Votre vampire risque d'être perdu si vous mentionnez *High School Musical* ou les grille-pain en sa présence. Afin de minimiser les malentendus et de maximiser votre vampire-appeal, suivez attentivement nos conseils.

---

## 1 ✣ lisez

**Combien de siècles encore les vampires vont-ils devoir écouter les humaines leur poser les mêmes questions ineptes ?** « J'ai l'air grosse dans cette toge/ce corset/ce survêtement ? » « Où veux-tu aller dîner après l'exécution publique/le théâtre/le cinéma ? » Fréquentez la bibliothèque et consultez les livres qui ne sont jamais empruntés. Vos connaissances dans le domaine de l'accouplement des lucioles l'éblouiront !

---

## 2 ✣ bougez-vous

**Votre vampire a courtisé les filles les plus chouettes de ces trois cents dernières années. Ne vous laissez pas intimider pour autant.** Ces damoiselles consacraient quatre heures par jour à se pomponner mais, croyez-moi, les contempler broder le reste du temps devenait vite rasoir. Faites preuve de vitalité en pratiquant un sport d'équipe et en invitant votre galant aux matchs. Privilégiez toute activité qui rosira vos joues.

---

## 3 ✣ noyez le poisson

**Si votre mère prend un coup de sang parce que votre chéri a mentionné le gouvernement Reagan ou la Première guerre mondiale,** soyez prête à riposter : « Bertram a deux ans de plus que moi, il est donc né en 1798. Qu'est-ce qu'on mange, ce soir ? »

## 4 ✣ renseignez-vous sur son passé

**Il serait d'une maladresse extrême de proposer à votre vampire une visite du site de Gettysburg s'il se révèle qu'il a… hum… mis à feu et à sang les champs de bataille de la guerre de Sécession.** Épargnez-lui les souvenirs d'instants pénibles, aussi bien les bains de sang que son occasion ratée d'investir dans Microsoft.

---

## 5 ✣ allez au théâtre

**Je n'irai pas jusqu'à dire que d'Artagnan était un vampire, mais des pièces d'époque vous expliqueront certains comportements du vôtre.** Pourquoi, par exemple, il a provoqué en duel votre partenaire de labo après que ce dernier vous a « déshonorée » en oubliant de vous rendre le stylo qu'il vous avait emprunté.

---

## 6 ✣ vivez l'instant présent

**Si vous commencez à évoquer les souvenirs de vos dix ans, votre chéri ne s'en sentira que plus vieux.** D'un autre côté, si vous commencez à parler de vos projets de future adulte, il sera déprimé, vu qu'il ne lui a jamais été donné de vivre ses 20, 30, 40, 50, 60 ans (et ainsi de suite). Pas dans le corps adéquat à son âge, en tout cas.

---

## 7 ✣ jetez vos strings

**N'oubliez pas que, à l'époque de sa prime jeunesse,** les filles qui dévoilaient un peu trop de chevilles étaient considérées comme de sacrées friponnes.

---

## 8 ✣ initiez-le à la technologie

**Chatter depuis le confort douillet d'un cercueil** sera moins éprouvant pour votre patience (et pour votre coiffure !) que traîner avec lui sous la pluie.

## 9 ✤ offrez-lui des cadeaux originaux

**Au fil des siècles, il a eu droit à des dizaines de portraits encadrés, des centaines de poèmes, d'innombrables mèches de cheveux, sans doute un ou deux paons albinos.** Angelina Jolie s'est crue originale quand elle a donné un flacon de son sang à Billy Bob. Pff! Votre vampire ayant sûrement fréquenté son arrière-arrière-grand-mère, il ne sera guère impressionné. Pour être certaine de l'originalité de votre présent, soyez personnelle et créative.

---

## 10 ✤ soyez de votre siècle

**Ce n'est pas parce qu'il a grandi à une époque où toute femme connaissant la racine carrée de 64 était brûlée sur le bûcher pour sorcellerie** qu'il faut que vous renonciez à vos principes féministes. Il vous empêche de tomber dans un nid de vipères bizarrement placé ? Parfait. Il vous prend dans ses bras pour vous aider à descendre du trottoir ? Non.

Je cherche une fille qui me donne l'impression d'avoir retrouvé ma jeunesse. Quand on ne peut pas se regarder dans un miroir, on a tendance à oublier la saine virilité qu'on dégage, on ressent le poids d'un âge qu'on ne fait pas. Pour peu qu'une demoiselle soit capable de refléter ma jeunesse, c'est gagné. Enfin, jusqu'à ce qu'elle vieillisse, bien sûr. Là, c'est perdu (pour elle).

AJAX, 832 ans

# erreurs les plus répandues quand on fréquente un vampire

Si mes frères de sang sont difficiles à séduire, ils sont encore plus difficiles à retenir… Sauf si vous les envoûtez avec votre succulente vulnérabilité de mortelle. Voici quelques erreurs très courantes à éviter.

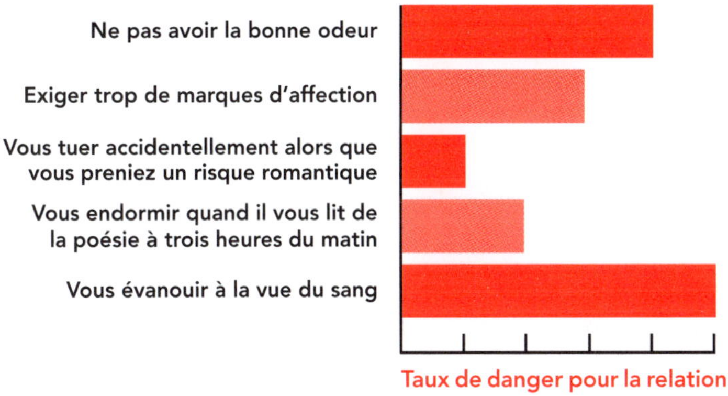


J'attends d'une relation qu'elle soit pareille à un serpent qui se mord la queue : on ne sait pas où commence une personne et où finit l'autre. C'est un cercle de dévotion ininterrompu, pimenté çà et là de sang, de morsures et de souffrance.

CASSIUS, 112 ans

# identifiez vos rivales

Lorsque vous fréquentez un vampire, il est bon que vous sachiez qui (ou quoi, s'il s'agit d'une espèce de créature différente) risque de vouloir vous piquer votre flirt.

## la reine du bal

Elle est jolie et populaire, mais ne laissez pas l'inquiétude vous ronger le cœur. Pour des raisons connues d'eux seuls, les vampires préfèrent généralement tuer la reine du bal plutôt que de sortir avec elle. Vous aurez beau l'asperger de sang de porc, vous ne réussirez pas à cacher qu'elle est une calorie vide dans la pyramide alimentaire vampirique.

**TAUX DE MENACE : FAIBLE**

## la capitaine des pom-pom girls

Athlétique, puissante, débordante d'énergie, elle est susceptible de représenter une menace sérieuse. Heureusement, les vampires ont tendance à les éviter. En effet, les capitaines des pom-pom girls sont souvent des tueuses de vampires en puissance.

**TAUX DE MENACE : FAIBLE**

## la théâtreuse

Pétrie d'anxiété, encline à se vautrer dans le beau, elle éveillera parfois l'intérêt de votre chéri. Mais d'ordinaire, ça ne dure pas : si elle aime les feux de la rampe, il estime que c'est à lui que revient le rôle principal dans un couple.

**TAUX DE MENACE : MOYEN**

## la présidente du conseil des élèves

En général, les vampires ne sont pas très attirés par les filles enthousiastes. N'éliminez pas celle-ci trop vite, cependant. Sa ferveur amusera votre galant et il trouvera adorable la naïveté de ses petites ambitions humaines.

**TAUX DE MENACE : ÉLEVÉ**

---

## la vampirette

Elle rayonne d'une telle splendeur que vous êtes obligée de vous protéger les yeux devant son éclat. Ayant été témoin de siècles de souffrance, elle capte 5/5 la morosité de votre prince des ténèbres. Par ailleurs, son mausolée ne la rebute pas et elle n'a pas besoin de quatre tasses de café pour rester éveillée toute la nuit. Malheureuse petite mortelle, n'espérez pas conserver l'affection de votre vampire si jamais il s'éprend d'une sœur de sang.

**TAUX DE MENACE : TRÈS ÉLEVÉ**

---

## la nouvelle

Vous ne voyez pas ce qu'elle a de si spécial, avec sa gaucherie, ses discours incohérents et son incapacité à rester vivante sans surveillance. Hélas, les vampires ne résistent pas à l'attrait du sang neuf. Votre unique espoir, c'est qu'elle ne réchappe pas de tous les accidents où elle frôlera la mort et qu'elle se brise le cou avant de vous briser le cœur.

**TAUX DE MENACE : ALERTE ROUGE !**

---

Je ne saurais vous dire le nombre de filles qui sont venues me trouver pour m'annoncer : « Vlad, comment puis-je y arriver ? Je ne suis pas à la hauteur ! » Chaque fois, je gifle leur joli minois et je réponds : « Cessez de pleurnicher ! C'est malséant. Vous avez la beauté ! Vous avez le sang ! Et vous avez sûrement des tas de qualités qui m'échappent encore ! Ressaisissez-vous ! »

# identifiez les besoins de votre vampire

Toute relation implique des compromis. De votre part au moins. Puisque vous tenez absolument à fréquenter un vampire, apprenez à évaluer tout ce qui vous différencie de lui… Et compensez vos faiblesses en vous adaptant à sa force.

## le sommeil

Il ne dort pas, et vous n'avez pas envie de passer pour un bonnet de nuit. Durant les enivrants premiers mois de votre relation, il se pourra qu'il prenne plaisir à vous regarder dormir. N'empêche, il est plus amusant de feindre le sommeil et de murmurer « accidentellement » son prénom tout en tendant le cou, n'est-ce pas ? (Est-il vraiment nécessaire que je vous explique en détail comment ça marche ?)

Je reste conscient que la triste enveloppe de chair qui vous sert de corps a besoin de repos. Que faire, donc ? La réponse, très chère mortelle, est simple : siestes et caféine !

QUAND DORMIR SANS BARBER VOTRE VAMPIRE

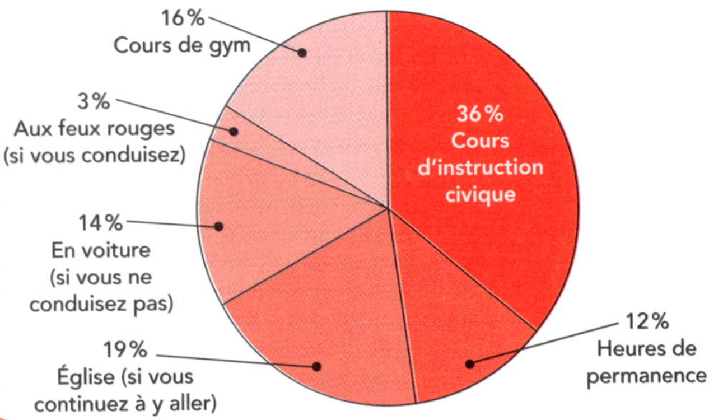

**NOMBRE DE CAFÉS NÉCESSAIRES À UN FLIRT VAMPIRIQUE**

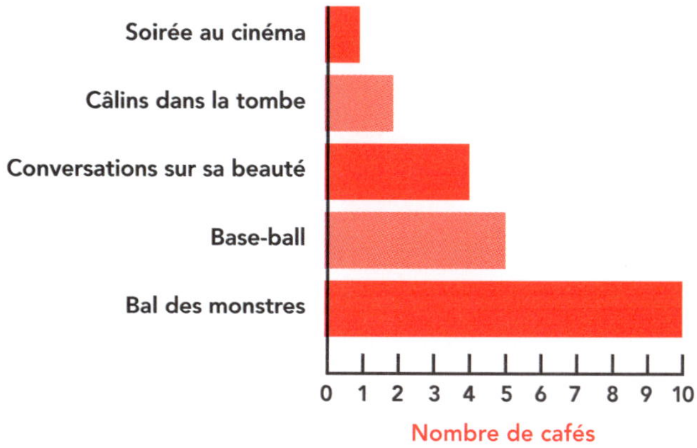


## le sang

Y a-t-il un abattoir près de chez vous ? Tant mieux. Enveloppez-vous dans un imperméable et arrangez-vous pour passer un peu de temps sur le sol du box d'abattage. Il va vous falloir apprendre à maîtriser vos haut-le-cœur si vous voulez fréquenter un buveur de sang. En effet, rien ne dégoûte autant un vampire de ses délicieux repas sanguinolents qu'une mortelle qui vomit derrière lui.

## le froid

Vous avez le sang chaud (37 °C), or il préfère consommer frais. Vous désirez passer l'éternité entre ses bras, mais il y fait un froid polaire, glacial, réfrigérant. Malgré la tentation, réprimez vos frissons. Une petite amie en hypothermie n'a rien de sexy. Bref, soumettez-vous tout de suite à un entraînement intensif. Commencez par régler l'air conditionné au plus bas, puis enchaînez avec des douches froides. Lorsque vous serez capable de prendre des bains glacés, il vous jugera tolérable.

## cuisinez pour votre vampire

Rien ne vous oblige à sortir tous les soirs. Certains des tête-à-tête les plus agréables se déroulent à la maison. Pas la vôtre, bien sûr. Mis à part les visites nocturnes dans votre chambre (juste pour regarder !), il n'apprécie guère votre maison d'humaine. Troquez votre berceau pour son caveau et prouvez-lui que vous pouvez concocter un bon repas.

Nous sommes tous conscients qu'il n' y a qu'une substance à même de fournir à votre bien-aimé les calories qu'il désire. Un fast-food ou une pizzeria ne feront pas l'affaire… À moins que le type derrière le comptoir ne se soit coupé le doigt. En terme de plats, pensez à votre vampire comme à un enfant qui souffrirait d'allergies alimentaires. Si vous lui préparez ses mets préférés, il ne résistera pas à la tentation d'en grignoter un petit bout. Ci-dessous, quelques recettes qui lui donneront le sentiment de manger un petit plat amoureusement mijoté par sa mère.

**NOTE : ces recettes ne sont destinées qu'aux vampires. N'y goûtez pas !**

### smoothie à l'orange sanguine

Mais ce n'est qu'une métaphore, objecterez-vous. Certes, mais elle évoque son ingrédient favori ! De plus, cette boisson se déguste aussi froide que son cœur. Comme ce régal peut être préparé *sans sang,* vous pourrez vous en délecter tous les deux. Ajoutez-y toutefois le vrai truc et ses papilles en frétilleront d'aise.

---

**INGRÉDIENTS**

*1 verre d'hémoglobine (ou de jus d'orange) sans chair (ou pulpe)*

*1 orange sanguine pelée et coupée en quartiers*

*½ verre de yaourt nature*

*1 verre de glace pilée*

1. Mixez l'hémoglobine (ou le jus d'orange, pouah !) avec l'orange sanguine.
2. Ajoutez le yaourt à la préparation et mixez.
3. Versez la moitié de la glace et mixez, puis renouvelez l'opération avec la glace restante jusqu'à obtention d'un mélange crémeux.
4. Régalez-vous !

## boudin noir

Comme le sang est l'élément essentiel de cette saucisse (chacun sait que toute bonne saucisse est fabriquée à partir de sang frais), il se précipitera toutes dents dehors sur ce mets. C'est le plat qui le revigorera le mieux… Exception faite de votre jugulaire.

**INGRÉDIENTS**

*1 litre de sang (d'agneau, de porc ou, si possible, de gente damoiselle)*
*250 g de graisse de rognons*
*1 oignon de taille moyenne finement haché*
*½ litre de lait*
*1 verre d'orge cuite*
*1 verre de flocons d'avoine secs*
*1 pincée de sel et de poivre*
*Boyaux*

1. Préchauffez votre four à 150 °C.
2. Mélangez tous les ingrédients (sauf les boyaux) dans un grand plat creux.
3. Farcissez les boyaux.
4. Remplissez d'eau un moule à cake jusqu'à mi-hauteur.
5. Faites cuire vos boudins au bain-marie dans le four pendant 1 heure 30 minutes.
6. Servez-les chauds, froids ou grillés.

## ✣ bloody (vierge) mary (recette traditionnelle)

Évitez de lui rappeler les événements historiques à l'origine du nom de ce cocktail. Il risque en effet d'associer la reine Marie Tudor aux multiples bûchers de son règne (qui lui ont valu l'affectueux surnom de Marie la Sanglante). Si des amis ou parents parmi les siens ont eu de tristes destinées, cela lui coupera l'appétit. Aussi, contentez-vous de savourer la boisson et oubliez l'histoire.

**INGRÉDIENTS**

*1 verre de jus de tomate (ou de sang)*
*½ verre de jus de citron*
*¼ de cuillère à café de sauce Worcestershire*
*⅛ de cuillère à café de sauce piquante (pas trop piquante quand même, rappelez-vous qu'il a les papilles sensibles !)*
*Sel et poivre à votre convenance*
*Glaçons*

1. Mélangez tous les ingrédients (sauf la glace) dans un shaker.
2. Secouez puis versez sur les glaçons dans un verre préalablement refroidi.
3. Cul sec !

## ✣ bloody (vierge) mary (recette vampirique)

**INGRÉDIENTS**

*1 vierge prénommée Mary (ou Marie)*

1. Saignez à blanc.
2. Servez.

# décryptez ses textos et ses mails

À ce stade, vous devriez vous réjouir : vous disposez à présent du chéri idéal pour vous tenir compagnie, le temps du compte à rebours jusqu'à votre inévitable trépas. Mais est-il mordu ? Difficile à dire, dans la mesure où, sauf en cas d'amour fou, un vampire ne proclame pas sa dévotion éternelle chaque fois qu'il a apprécié le film que vous avez choisi, ni la blague que vous avez faite.

En l'absence de compliments, rabattez-vous sur les mots qu'il utilise dans ses textos et ses mails.

## textos

**IL écrit :** « Ô ma fragile, ô mon humaine adorée, je ne saurais supporter la séparation un instant de plus. J'escaladerais les plus hauts sommets pour me retrouver une fois encore dans tes bras. »

**IL pense :** « Où es-tu ? »

---

**IL écrit :** « Je suis à l'agonie, déchiré entre mon amour pour toi et ma crainte de ne pas me retenir. Ta chair m'attire, telle une main luisante dans les oppressantes ténèbres. Force est de m'éloigner. »

**IL pense :** « Je t'appelle plus tard. »

---

**IL écrit :** « Pris ce soir. T'appelle demain. »

**IL pense :** « J'ai trouvé quelqu'un de mieux. À côté du sien, ton sang a l'odeur d'un vieux chou pourri. Adieu, misérable humaine. »

## ✠ mails

Ma très chère,

Ce soir, je suis dans l'un des vieux chalets de montagne de mon clan, et tu me manques. J'aspire à ta présence comme l'océan aspire à la lune. La brume a obscurci mes fenêtres mais, au-dessus des pics, les étoiles scintillent comme autant d'yeux de vampires assoiffés. Ces derniers jours, la chasse m'a procuré des moments agréables, et le gibier a été abondant. Mes villégiatures ici sont toujours plaisantes, et nous avons décidé de prolonger notre séjour. Il me tarde de te tenir contre moi et d'écouter la délicate chamade de ton cœur, très chère.

En espérant cette heure précieuse, je reste ton fidèle

Gareth.

*Vraiment ? Jetez un coup d'œil sur ses autres mails pour voir s'il vous réserve cette appellation ou s'il en gratifie également sa dentiste.*

*Il ne précise pas le pays, empêchant ainsi toute vérification sur Google Earth !*

*Comparaison poétique : bon signe.*

*Il a l'air déçu, mais les vampires adorent le brouillard et tout ce qui évoque un linceul.*

*Il était avide d'un autre sang que le vôtre ! Mauvais signe.*

*La preuve ! Il n'est pas seul.*

**DÉCRYPTAGE :** Ce vampire a l'air en bonne compagnie. Il s'abreuve d'un sang qui n'est pas le vôtre, et il ne vous a pas dit précisément où il se trouve ni quand il recommencera à mater par votre fenêtre. Vous avez toutes les raisons d'être suspicieuse. Avant de vous opposer à lui avec fureur, prenez cependant le temps de respirer. Les vampires détestent les humaines dirigistes comme personne ! À l'exception des mesquines de la banque du sang qui refusent de distribuer des échantillons gratuits.

Estimez-vous heureuse : vous possédez ce qu'un vampire mâle n'aura jamais, l'intuition féminine. Vous devez vous en servir afin de déterminer si votre amourette sans conséquence est en train de se transformer en quelque chose de plus sérieux. Vous suit-il partout ? Débarque-t-il à l'improviste alors que vous le croyez à au moins une heure de voiture de chez vous ? Quand vous vous cognez le gros orteil, apparaît-il aussitôt pour vous porter à votre prochain cours ? Lorsqu'une autre fille vous a embêtée, la retrouve-t-on morte une heure après ? Si un garçon humain se comportait ainsi, vous n'hésiteriez pas à l'accuser de harcèlement ; dans le cas d'un vampire, rien à craindre ! Au contraire, ces exemples sont le signe d'un réel intérêt.

N'empêche. Sortir de temps en temps est une chose, s'engager dans une relation sérieuse et durable en est une autre. Dès le moment où vous le considérerez comme vôtre, sachez que vous commencerez à jouer dans une autre cour, plus vaste. Comprenez-moi bien, c'est une cour fort palpitante, mais vous y pénétrez à vos risques et périls. Alors, prête ?

## êtes-vous prête à passer à l'étape suivante ?

Vous sortez ensemble depuis un mois et ~~la fièvre~~ le froid monte. Il vient dîner chez vous (vous mangez, il vous contemple) et vous vous êtes mise à vous brosser religieusement les dents, de façon à ce que vos incisives durent éternellement. Mais cet amour à la vie à la mort n'est-il qu'un fantasme ou êtes-vous sur le point de devenir le Brangelina des immortels ?

Faites les comptes et voyez si vous et votre vampire êtes prêts à passer un siècle ensemble – ou si, au contraire, vous risquez de ne pas survivre à demain soir – en cochant les affirmations des deux colonnes suivantes qui s'appliquent le mieux à votre relation.

### CE QUI VOUS CORRESPOND LE MIEUX DANS la colonne a

_____ Vous envisagez toujours d'acheter des gants thermiques anti-froid afin de profiter à fond de vos adorables séances « je te tiens, tu me tiens par la main ».

_____ Vous savez désormais interrompre vos baisers avant le délai fatidique des dix secondes. Hyper romantique !

_____ Vous vous êtes débarrassée du complexe « je mange plus que mon petit ami » que vous éprouviez au début de votre relation.

_____ Lui et vous échangez un sourire complice lorsqu'on lui demande sa carte d'identité pour voir un film interdit aux moins de 16 ans.

_____ Quand vous regrettez de ne pouvoir assister au bal de fin d'année du lycée, il vous réconforte par ces paroles : « Ne t'en fais pas, nous aurons au moins cinq cents autres occasions. »

CE QUI VOUS CORRESPOND LE MIEUX DANS **la colonne b**

_____ Ses parents continuent à s'étonner de vous voir encore (vivante) chez eux.

_____ Il arrive que sa langue fourche et qu'il vous appelle par le prénom de son ex (alors qu'on pourrait s'attendre à ce qu'il ait oublié une fille rencontrée trois siècles auparavant).

_____ Vous êtes plus habituée au regard méprisant que vous lance votre chat qu'à ce qu'il vous contemple.

_____ Vous n'évoquez jamais l'avenir, genre ce que vous ferez au tournant du prochain siècle.

_____ Quand vous lui téléphonez tard le soir, il prétexte la « fatigue » pour ne pas vous parler.

### VOUS AVEZ PLUS DE CORRESPONDANCES DANS LA COLONNE A

**Bon, malgré un ou deux détails qu'il vous reste à régler, comme ces drôles de regards ou cette manie de vous traquer, pas de soucis !** Vous deux êtes sur la même longueur d'onde et montrez des signes indiquant que vous êtes prêts à transformer votre flirt en une relation amoureuse saine (si je puis dire) et normale (façon de parler).

---

### VOUS AVEZ PLUS DE CORRESPONDANCES DANS LA COLONNE B

**Dans ce cas, enlevez-moi ce fond de teint blanc et filez à une boum de lycéens.** Il est temps de réintégrer le monde des humains avant que votre prénom se fane dans son petit livre noir… ou sur une stèle.

Si vous êtes arrivée jusqu'ici, c'est que vous voulez aller plus loin avec votre vampire. Les risques méritent d'être courus, pour peu que votre prince des ténèbres vous ait encore dans le sang.

# (sanguine) monte

Ah, l'amour naissant ! Bien que je n'aie pas vécu l'expérience depuis des siècles, je garde en mémoire l'exaltation qu'engendre la découverte de celle avec qui tout partager. Quoi de mieux que les longues conversations, les promenades encore plus longues et le sentiment de parler une langue connue de vous seuls ? L'éternité est bien pâlotte, en comparaison. Voilà pourquoi, logiquement, vous voulez profiter au maximum de cette relation (tant qu'elle dure). Vous voulez passer la vitesse supérieure.

Je suis certain à 99 % d'imaginer avec justesse votre réaction à mes paroles. « Qu'entendez-vous par "vitesse supérieure", Vlad ? » Ne vous inquiétez pas, il n'y a ici rien de sexuel ni de sordide, rien à voir avec tout ce que les humains ont en tête quand ils vous proposent de passer la vitesse supérieure. Non, ici, je pense à une autre sorte d'intimité : l'intimité de l'âme. Humains et vampires ont ça en commun : fréquenter quelqu'un et l'aimer sont deux choses différentes. Il vous faut à présent quitter le royaume du flirt pour tenter de vous élever sur les cimes de l'amour.

Pour commencer, vous et votre vampire devez avoir « La Grande Discussion », afin de vous assurer que ni lui ni vous ne voyez un(e) autre garçon/fille/vampire/loup-garou, etc. Vous refusez qu'il pose les mains (ou les dents) sur une concurrente, et il refuse que vous fricotiez avec un camarade de classe ou tout soupirant surnaturel qui oserait vous courtiser. Je vous conseille la franchise. Plus tard, il s'opposera peut-être à l'éternité avec une seule fille (voir chapitre neuf), mais si votre amour est en plein épanouissement, il sera trop occupé à se lécher les babines pour en regarder une autre. (Essayez un peu de détourner les yeux pendant que vous vous léchez les lèvres, vous constaterez que c'est très, très difficile.)

Vous serez tentée de créer ce que Kurt Vonnegut appelle « une nation à deux ». (En écrivant ça, Vonnegut ne pensait pas aux vampires, mais j'imagine qu'il aurait été amusé à l'idée que son expression soit employée dans ce contexte.) Vous savez – ou ne tarderez pas à savoir – à quoi cela ressemble d'être la moitié de la population d'un pays peuplé de deux uniques personnes ; vous désirez être loin de tout le monde, vous ne comprenez pas pourquoi on ne vous laisse pas tranquille. Résistez à cet instinct. À l'avenir, vous aurez besoin de vos amis et de votre famille, alors ne les délaissez pas trop souvent maintenant. Vous allez également devoir faire la connaissance de ses amis et de son clan : une perspective effrayante, certes, mais incontournable.

Présenter Alaric à mes amies, c'est une blague? S'il est un vampire, mes copines sont de vraies sangsues! Elles me verraient au bras d'un beau gosse comme Alaric, elles n'hésiteraient pas à utiliser des crèmes exfoliantes pour le cou. Bonjour la concurrence!

MANDY, 15 ans

Rencontrer les amies de mon ex a été l'expérience la plus barbante et la plus débilitante de ces 150 dernières années. Comme nous avions rendez-vous dans un restaurant, j'ai été condamné à rester avachi sur ma chaise pendant que ses copines et leurs mecs se gavaient de viande morte. La musique en boîte écorchait mes oreilles sophistiquées, et je crois bien qu'il m'a fallu des semaines pour retrouver mon odorat normal. Ni la crise économique, ni la situation politique en Europe de l'Est, ni la position de l'ONU sur le réchauffement climatique ne les intéressaient. Ils ont semblé ne se passionner que pour le «match» de la semaine suivante. Intolérable. Par ailleurs, ses amies portaient des corsages tellement échancrés que, malgré mon self-control en acier, j'ai eu du mal à regarder autre chose que leurs appétissantes jugulaires.

TRISTRAM, 346 ans

## dix stratégies pour rencontrer ses amis

Si votre vampire veut que vous fassiez la connaissance de ses relations, c'est qu'il vous apprécie énormément et ne projette pas de boire votre sang dans l'immédiat. (Les vampires ne présentent que leurs bien-aimées, pas leurs flirts sans lendemain ni leurs casse-croûtes.) Il est vital que vous leur laissiez une bonne impression. En effet, ses amis risquent d'accepter du bout des dents qu'il fréquente une humaine. À vous de leur prouver que vous avez mieux à offrir que vos tendres veines. Voici quelques conseils.

---

1 ✣ **PRENEZ PLUSIEURS INSPIRATIONS PROFONDES AFIN DE RALENTIR VOTRE POULS.** Il est mal élevé d'approcher un groupe de vampires en ayant le cœur qui bat la chamade. C'est comme si vous proposiez un gâteau à une amie avant de vous le fourrer dans le bec.

---

2 ✣ **PARLEZ LENTEMENT.** À côté de leur langueur taciturne, votre babillage vous donnera des allures de chihuahua jappeur. Adoptez une certaine contenance et efforcez-vous d'atténuer votre enthousiasme naturel.

---

3 ✣ **NE VOUS BILEZ PAS SI LES VAMPIRETTES VOUS PARAISSENT DISTANTES.** Ou furax. Ou si elles veulent vous planter une paille dans la gorge et vous transformer en cannette humaine. Vous savez combien les filles de terminale détestent les petites de seconde qui osent leur piquer leur copain de classe, non ? Multipliez ça par trois cents (ans) et vous comprendrez pourquoi Arabella et Imogen ne tiennent pas à devenir votre meilleure amie.

---

4 ✣ **DÉBROUILLEZ-VOUS POUR LES COMPLIMENTER SUR AUTRE CHOSE QUE SUR LEUR BELLE PRESTANCE.** N'ayez pas peur de dire à Brutus que vous avez adoré le morceau de luth qu'il a joué lors de la dernière audition. Ou de signaler à Alastair que vous admirez beaucoup son action en faveur des hémophiles.

5 ✣ **AVANT LE RENDEZ-VOUS, SURFEZ SUR LE NET ET RENSEIGNEZ-VOUS SUR DES GROUPES DE MUSIQUE ALTERNATIVE.** Les vampires apprécient tout ce qui est underground, alors tâchez d'avoir quelques références.

---

6 ✣ **RESTEZ CALME.** Vous ne voudriez pas émettre de mauvaises vibrations, genre victime sans défense ou proie offerte en pâture ? Tenez-vous droite. Ne gigotez pas. Évitez de trop papillonner des paupières. Ne déglutissez pas trop souvent. Ne sursautez pas au moindre bruit. Rencontrer un groupe de vampires, c'est un peu comme croiser le chemin d'un grizzli. Faites la morte.

---

7 ✣ **PORTEZ DES VÊTEMENTS NOIRS.** Ça signifiera : « Je sais ce que c'est d'être profond et torturé. Mon tee-shirt noir reflète mes ténèbres intérieures. Ou extérieures ? » En cas de doute, contentez-vous de froncer les sourcils.

---

8 ✣ **RIEZ À TOUTES LEURS PLAISANTERIES, MÊME CELLES OÙ IL EST QUESTION DE MUTILER DES HUMAINS.** Rien de pire que de passer pour une fille collet monté.

---

9 ✣ **ÉVITEZ DE VOUS PÂMER.** Certes, vous êtes cernée de corps divins, de cheveux ébouriffés à la perfection, de succulentes lèvres narquoises où flotte un air de dédain suprême, mais tâchez de garder votre sang-froid.

---

10 ✣ **ÉPICEZ LA CONVERSATION DE NOMBREUSES RÉFÉRENCES À LA MORT ET D'AUTRES SUJETS AUSSI DÉPRIMANTS.** Par exemple : « Cela me rappelle la nuit que j'ai passée à lire Emily Dickinson dans le cimetière en méditant sur l'inéluctabilité du trépas. » Ou : « Ça vous tente, cette expo sur la peste ? J'ai entendu dire qu'on distingue encore les expressions d'angoisse sur les visages des corps momifiés ! »

C'était super, quand j'ai présenté Tarquin (mon petit ami) à mes parents! Ils ne se doutaient pas du tout qu'il est un «handicapé de la mortalité». Avant son arrivée, j'ai retiré tous les crucifix, j'ai jeté l'ail à la poubelle et j'ai enfermé Doudou, notre loulou de Poméranie, dans le garage (on ne sait jamais). Tarquin portait les vêtements que je lui avais choisis. Le polo bleu qui remplaçait sa cape mettait drôlement bien ses cernes en valeur!

Ma mère l'avait invité à dîner. Je l'avais prévenue qu'il s'assiérait à table avec nous mais qu'il ne mangerait pas, car il suit le régime purificateur que vante Gwyneth Paltrow sur son blog. Ça a failli mal tourner quand mon père a interrogé Tarquin sur ses projets pour la fac. Tarquin a en effet commencé à expliquer qu'il était titulaire d'un doctorat de médecine, de quatre maîtrises et de deux thèses, mais je suis intervenue et on a changé de sujet.

Après le repas, on a tous joué au Pictionary. Tout s'est bien passé, jusqu'au moment où ça a été à Tarquin de dessiner. Au bout d'une minute, je me suis rendu compte qu'il était en train de griffonner un cadavre démantibulé sur un cercueil. Alors, j'ai crié : «Oh! Super canoë, Tarquinet!» Après quoi, j'ai inventé une histoire, comme quoi il passait tous ses étés à emmener des enfants déshérités en excursion faire du canoë-kayak. Mes parents ont été drôlement impressionnés!

EMMA, 17 ans

# êtes-vous prête à le présenter à votre famille ?

**1. Quand vous parlez de vos parents, votre vampire :**

a. Semble nerveux ou a un rictus de dégoût.

b. Semble curieux et pose des questions.

c. Reste de marbre.

**2. Quelle phrase entendez-vous vos parents prononcer le plus souvent ?**

a. « Quel est le plat préféré de ton nouveau copain ? »

b. «Amuse-toi bien, chérie. Ne rentre pas trop tard.»

c. « On ne te voit plus depuis des semaines. Il faut que tu cesses de fréquenter ce garçon.»

**3. Qu'il fasse la connaissance de votre petite sœur vous inquiète, car :**

a. Elle va se ridiculiser en flirtant avec lui.

b. Ils n'auront aucun sujet de conversation.

c. Son cou est plus joli que le vôtre !

**4. Quelles relations entretient-il avec ses propres parents ?**

a. Ils sont très proches : la chasse, ça crée des liens.

b. Ses vieux ne comprennent pas leur fils assoiffé, incroyablement beau et remarquablement jeune.

c. En a-t-il seulement ? Il n'en a jamais parlé…

**5. Quelle est la pire situation que vous puissiez imaginer lors de la rencontre entre votre vampire et vos parents ?**

a. Ces derniers lui parleront avec dédain, ignorant son intelligence pourtant évidente. Pire, ils lui montreront de très gênantes photos de vous quand vous étiez bébé.

b. Rien de spécial. Son irrésistible (et sarcastique) sens de l'humour lui gagnera les faveurs de tous.

c. Et s'il laissait échapper qu'il veille sur votre sommeil toutes les nuits ?

**6. Quel mot commençant par la lettre A a-t-il le plus souvent employé jusqu'à présent ?**

a. « Aimer », comme dans « J'aime combien tu apprécies ma poésie. »

b. « Adorer », comme dans « J'adorerais ~~te manger~~ manger avec toi. »

c. « Aimer », comme dans « Tu es mon aimée. »

**7. Le dîner risque d'être une catastrophe, parce que :**

a. Tout se passe bien, c'est trop bizarre : d'ordinaire, vos parents détestent vos copains.

b. Votre vampire délaisse les cookies que votre mère a préparés et saute sur la jugulaire de votre petit frère en guise de dessert !

c. Votre père demande tout à trac pourquoi vous l'avez prié de ne pas mettre d'ail dans la cuisine ce soir.

**8. Depuis combien de temps sortez-vous ensemble ?**

a. Pas très longtemps, juste quelques formidables nuits au clair de lune.

b. Plus longtemps que la dernière fois, mais pas (encore) une éternité.

c. Deux mois plutôt dangereux, mais super exaltants !

## résultats

**COMPTEZ VOS POINTS EN FONCTION DE VOS RÉPONSES :**

**1.** **a.** 0 **b.** 2 **c.** 1
**2.** **a.** 2 **b.** 1 **c.** 0
**3.** **a.** 1 **b.** 2 **c.** 0
**4.** **a.** 2 **b.** 1 **c.** 0
**5.** **a.** 0 **b.** 2 **c.** 1
**6.** **a.** 1 **b.** 0 **c.** 2
**7.** **a.** 2 **b.** 0 **c.** 1
**8.** **a.** 0 **b.** 2 **c.** 1

---

### DE 0 À 5 POINTS

**Pas de pouls !** Vos parents n'apprécient pas que vous passiez autant de temps avec lui, et votre famille rejette complètement votre vampire. Qu'aviez-vous en tête quand vous avez eu l'idée de les présenter ? Pour l'instant, mieux vaut garder votre relation dans la tombe et loin de la table familiale.

---

### DE 6 À 11 POINTS

**Pouls faible.** Votre prince du sang est peut-être encore trop possessif pour rencontrer votre entourage. Ou alors, vos parents ont du mal à envisager que vous passiez l'éternité avec lui. Quoi qu'il en soit, il serait sans doute plus sage d'attendre encore avant de l'amener dîner à la maison. Donnez-lui quelques mois (ou siècles). D'ici là, tout le monde sera un peu plus chaud face à la situation. À moins que tout le monde ne reste froid et six pieds sous terre. Qu'importe ? Ce qui compte, c'est le résultat.

---

### DE 12 À 16 POINTS

**Chamade !** Il vous a tellement dans le sang qu'il serait prêt à traverser des océans et à se battre contre des meutes de loups-garous pour vous, voire à affronter une rencontre avec vos vieux. Auquel cas, pas d'inquiétude ! Son allure sublime et sa personnalité envoûtante les charmeront. Si ça se trouve, vous obtiendrez même cette autorisation de rentrer à l'aube pour laquelle vous les tannez depuis si longtemps !

Mon père n'a jamais été d'accord pour que je fréquente des princes du sang. «Ils ne sont pas comme nous! Les vampires avec les vampires, les humains avec les humains!» Voilà ce qu'il m'a dit quand il m'a interdit d'en ramener un à la maison. Alors, j'ai invité Will comme «simple ami». Mon père et lui se sont si bien entendus qu'ils sont allés jouer au foot dans le jardin. Quand, ensuite, j'ai demandé l'autorisation de sortir avec Will, mon père a répondu : «Bien sûr! Il est fantastique!» Visiblement, il avait surmonté ses préjugés contre les vampires, maintenant qu'il en connaissait un.

HARMONY, 17 ans

Après avoir comparé ma force virile à celle du père d'Harmony, j'ai dit à sa mère que son secrétaire du XIX^e^ siècle me rappelait celui de ma propre mère. Nous n'avons pas tardé à causer antiquités, pendant que le père d'Harmony s'occupait du barbecue. Je me suis attaqué à mon steak bleu et j'ai laissé le père gagner quand il m'a défié au bras de fer, après dîner. Ils n'ont posé aucune question sur mes incisives.

WILL, 254 ans

# dix choses à éviter à tout prix quand vous êtes présentée à sa famille

Vous avez connu vos parents toute votre vie. Mais les siens existent depuis bien plus longtemps que vous… Ils ont vu tant d'autres filles apparaître et disparaître avant même d'avoir eu le temps de digérer leur présence ! Ci-dessous, une liste des dix bévues que vous devez absolument éviter lors de cette première rencontre.

---

1 ✠ **SI VOUS COMPTEZ ABORDER DES SUJETS D'ACTUALITÉ,** tenez-vous-en à des événements de niveau national ou international. En effet, les incidents locaux soulèvent souvent des problèmes. Exemples : « Vous avez entendu parler du type qu'on a retrouvé mort dans la rivière ? » Ou : « Avez-vous vu ces affiches placardées partout en ville à propos du cheval qui a disparu ? »

---

2 ✠ **NE VOUS MOQUEZ PAS DE LEUR EXPRESSION RENFROGNÉE.** Une fille que je connaissais a eu le malheur de lancer : « Quelqu'un est mort ? » Elle n'a pas tardé à obtenir sa réponse… en direct.

---

3 ✠ **ÉVITEZ SOIGNEUSEMENT LES MOTS ET EXPRESSIONS SUIVANTS** à table ou durant la conversation d'après-dîner : « exsangue », « avoir la dent dure », « avoir du sang sur les mains », « végétarien », « bon sang ! »

---

4 ✠ **SI VOUS ÊTES INVITÉE À DÎNER CHEZ LUI, NE MANQUEZ PAS D'APPORTER UN CADEAU.** Malheureusement, un pot de confiture ou une bouteille de vin ne feront pas l'affaire. Pensez plutôt « sacrifices rituels » : chez le boucher, achetez des bas morceaux et emballez-les dans une jolie toile cirée à fleurettes, geste toujours apprécié par le clan. Prudence, toutefois ! N'apportez pas ce que vous refuseriez de manger. Si vous

chipotez dans votre assiette, vous avez toutes les chances de terminer en plat de résistance.

---

5 ✤ **PORTEZ UNE TENUE STRICTE** et, si vous avez de petites plaies, recouvrez-les de scotch (à moins qu'elles ne se trouvent sur vos joues, auquel cas, disposez dessus trois pansements en croix).

---

6 ✤ **N'EXPRIMEZ JAMAIS TROP DE CURIOSITÉ** sur la date de « naissance » de votre prince. Les questions suivantes ne sont guère appréciées : « Comment avez-vous su que c'était lui qu'il fallait rendre éternel ? » « À quoi ressemblait-il, enfant, euh… avant que vous ne le transformiez en vampire ? » Ou encore : « Ils grandissent tellement vite, n'est-ce pas ? Enfin, sauf quand ils ne grandissent pas ! »

---

7 ✤ **NE DEMANDEZ PAS À VOIR LES PHOTOS DE FAMILLE.** Ils n'en ont pas. Et si vous souhaitez prendre une photo souvenir, ne vous servez pas du flash.

---

8 ✤ **METTEZ-VOUS TOUJOURS D'ACCORD AVEC VOTRE VAMPIRE SUR LA MANIÈRE DE VOUS ADRESSER À SES PARENTS** avant de les rencontrer. Vous pourriez croire que « M. et Mme Lestat » suffit. Or, il peut s'avérer que ce soient un duc et une duchesse, un tsar et une tsarine ou, tout bonnement, Steve et Jo.

---

9 ✤ **NE VOUS INQUIÉTEZ JAMAIS DE SAVOIR QUI, PARMI SES FRÈRES ET SŒURS, EST LE/LA PLUS ÂGÉ(E),** parce que c'est un sujet très compliqué que vous ne tenez pas à clarifier avec ce genre de phrase : « On reprend à zéro. Lequel de vous a été tué le premier ? »

---

10 ✤ **NE METTEZ PAS UN TEE-SHIRT OU UN CORSAGE AVEC UN DESSIN REPRÉSENTANT UN CHATON, UN CHIOT, UN PONEY, UN ÉLÉPHANT OU UN BOUDIN.** (Notez que cette règle s'applique aussi aux dîners des mortels, généralement.)

Une fois que vous avez réussi à obtenir l'assentiment des siens et de ses amis quant à votre couple, vous pouvez retourner dans la « nation à deux » pendant un petit moment. Si vous tenez à ce que votre relation soit durable (vraiment durable, s'entend), vous allez devoir prouver à votre galant qu'elle ne sera jamais ennuyeuse, et qu'il vous aimera en 2109 avec autant d'intensité qu'aujourd'hui. Cela dit sans vous mettre la pression !

## probabilité qu'il se lasse de vous

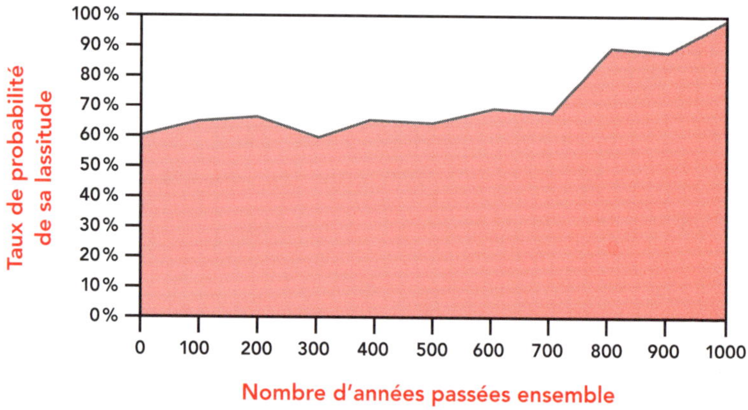


Si vous voulez entretenir la flamme, il va vous falloir y travailler ! « Mais Vlad, gémissent certaines d'entre vous, c'est un sacré boulot ! » Eh bien, mes mignonnes, qui vous a jamais dit que fréquenter un vampire serait une partie de plaisir ? Certainement pas moi ! Vous exigez de séduire le célibataire le plus recherché de la Création ; la moindre des choses, c'est que vous soyez prête à vous lancer dans de nouveaux passe-temps.

# rendez votre chambre plus vampiriquement accueillante

Vous en avez marre de toujours traîner dans sa tombe ? Attirez-le chez vous en donnant à votre chambre un aspect qui lui conviendra. Ce sera l'occasion, à travers vos choix de déco, de lui prouver que vous êtes la petite amie idéale.

---

## les fenêtres

Dans la mesure du possible, essayez d'en installer qui s'ouvrent de l'extérieur. Rien n'agacera autant votre chéri que de constater, alors qu'il est venu veiller sur votre sommeil durant une (ou huit) heure(s), qu'il est enfermé dehors.

---

## la literie

Fuyez les couettes épaisses qui étouffent les battements à la fois ravissants et alléchants de votre cœur. Priver votre vampire de ce plaisir équivaudrait à l'équiper de bouchons d'oreilles lors d'un concert ou à lui boucher le nez alors que vous passez devant un accident de la route particulièrement sanguinolent.

---

## l'éclairage

Éteignez le plafonnier et investissez dans des tonnes de bougies. La douce lumière vacillante des flammes vous donnera un air réfléchi et contemplatif, même si vous êtes juste en train de vous demander où vous avez rangé votre iPod.

---

## la bibliothèque

Votre collection de livres en dira long sur vous. *Roméo et Juliette* proclamera : «Je suis à fond pour les amours maudites, j'adore les fins tragiques.» *Les Hauts de Hurlevent* suggèreront : «Je suis une fan des histoires tumultueuses. Je t'aime! Je te hais! Je suis toi! Allons nous languir sur la lande.» Un exemplaire usagé du *Portrait de Dorian Gray* révèlera : «Les hommes qui échangent leur âme contre la jeunesse et la beauté éternelle ne me rebutent en rien.» Bref, les occasions de manipuler votre vampire sont infinies.

---

## la pagaille

Pensez «caverne» au moment de faire le ménage. Plus votre chambre ressemblera à une grotte encombrée, plus votre chéri se sentira à l'aise.

---

## l'atmosphère

Rappelez-vous que votre vampire a l'odorat plus développé que les mâles humains. Il plissera le nez s'il hume votre bombe désodorisante aux effluves printaniers et votre parfum d'ambiance à la vanille lui tordra l'estomac. Si vous voulez qu'il ait l'impression d'une douillette forêt désolée, essayez donc les arômes musqués. Moisi, mousse, terre humide, feuilles en décomposition sont des éléments fondamentaux de l'aromathérapie vampirique.

---

## les miroirs

Vous allez être obligée de le croire sur parole quand il vous dira que vos cernes ravissants mettent en valeur vos yeux enchanteurs. Il est hors de question de mettre des miroirs, alors jetez-les à la poubelle.

## établissez le hit-parade des vampires

L'une des meilleures façons de montrer à votre prince des ténèbres que vous tenez à lui pour l'éternité est de concocter une compil dont il raffolera sans se lasser. Les morceaux suivants devraient coller.

1. Annie Lennox, « Love Song for a Vampire »
2. Concrete Blonde, « Bloodletting (The Vampire Song) »
3. Suzanne Vega, « Blood Makes Noise »
4. Ash, « Vampire Love »
5. Vampire Weekend, « I Stand Corrected »
6. Coldplay, « A Rush of Blood to the Head »
7. Fright Ranger, « Oh Oh Oh Sexy Vampire »
8. Editors, « Blood »
9. Bon Iver, « Blood Bank »
10. Jonny Greenwood, « There Will Be Blood »
11. Say Hi to Your Mom, « These Fangs »
12. Arcade Fire, « Vampire Forest Fire »
13. Razorlight, « Blood for Wild Blood »
14. White Lies, « To Lose My Life »
15. Marilyn Manson, « If I Was Your Vampire »
16. Tori Amos, « Blood Roses »
17. Kronos Quartet, « The Crypt »
18. The Bangles, « Eternal Flame »
19. Rob Pattinson, « Never Think »
20. Evanescence, « My Immortal »*

* *Il existe une version Kidz Bop de cette chanson, des fois que votre vampire aime ce genre de chose.*

CHAPITRE SEPT

# vous pensez qu'il vous bat froid

À l'instar du sang, il arrive que l'amour soit encombré de caillots qui sont parfois fatals. Surtout dans la région du cœur. Mais tous ne sont pas mortels, pour peu qu'on les traite à temps et dans les règles de l'art.

Une relation avec un vampire est source de bien des angoisses. J'espère ne vous avoir jamais dissimulé ce détail. C'est normal. Si vous tenez à fréquenter un beau vampire mélancolique, vous ne couperez pas aux nuits d'insomnie durant lesquelles vous vous demanderez : «Mes veines sont-elles assez grosses ?» et «Aime-t-il toujours mon odeur ?», ainsi que «Pourquoi ne me rappelle-t-il pas ?»

Mais inutile de vous faire un sang d'encre (du moins, pas avant le chapitre neuf). Les comportements vampiriques sont empreints de mystère et vous amèneront inévitablement à douter. Ci-dessous sont détaillées certaines attitudes courantes chez mes semblables, qui provoquent beaucoup d'anxiété chez les filles. N'oubliez jamais : *ce n'est pas vous, c'est parce que lui est un vampire.*

## décryptez votre vampire

### il broie du noir

Votre aimé contemple l'horizon avec un regard empreint d'une immense solitude ? Il s'intéresse à peine à la liste pourtant captivante de ce que vous et votre amie Jenny venez d'acheter au centre commercial ? **Tant mieux ! Les vampires bien dans leur peau broient du noir !**

---

### il est possessif

Il se montre jaloux et exclusif? Quand vous discutez avec un pote, il rapplique pour l'intimider ? Bonnes nouvelles ! Quand les humains se comportent ainsi, c'est souvent parce que ce sont des crétins peu sûrs d'eux. **Mais lorsqu'il s'agit d'un vampire, c'est juste qu'il vous aime !**

---

### il est paresseux

Les filles confondent souvent avec de la paresse le souhait qu'exprime leur vampire de rester enfermé durant la journée. Tu parles ! Un vrai paresseux piquerait-il un sprint entre Boston et Montréal au milieu de la nuit, simplement parce que l'arôme d'érable de votre sang AB négatif lui manque ? **Votre chéri n'est pas un fainéant. Il n'a pas envie de faire de la voile avec vos amis, c'est tout.**

---

### il ne mange pas

Ce n'est ni parce qu'il est contrarié ni parce qu'il se trouve gros. Juste parce qu'il ne mange pas. **Il se nourrit de sang. Vous devriez l'avoir compris !**

---

La communication amoureuse, et *a fortiori* vampirique, est un chemin tortueux. Lui non plus ne saisira pas tous vos comportements. Par conséquent, agissez toujours avec circonspection.

Qu'est-ce que c'est que ces manières de traire une vache et de boire du lait? Les humains m'étonneront toujours.

LEMUEL, 203 ans

Pourquoi faut-il toujours que les humains demandent ce qui ne va pas? Tout va bien. Je suis un vampire, bon sang! Je suis censé être distant et songeur.

GUSTAVO, 182 ans

Mandy respire tellement fort! Elle n'arrête pas! Et je n'arrive pas à corriger ce défaut. (Enfin, il y aurait bien un moyen, mais...)

ALARIC, 223 ans

Je ne cesse de lui répéter que ce n'est pas de ma faute si j'ai une aussi bonne vue. Le problème, c'est que je distingue chacun des pores du nez d'Agnès, et que... ben, c'est plutôt cracra.

WILHELM, 118 ans

## découvrez s'il a vraiment une dent contre vous

Il est important que vous fassiez la différence entre l'irritation intrinsèque de votre vampire à l'égard de l'humanité en général et son irritation à votre égard en particulier. Reconnaissez-le, vous ne pouvez vous empêcher d'être humaine. Or, s'il a été attiré par vous au départ, c'est qu'il a trouvé du charme à votre petite personne de mortelle. Par conséquent, si vous le soupçonnez de se désintéresser de vous, ce n'est pas parce que vous êtes une pauvre créature qui respire, mange et défèque. Affrontez le problème et répondez au questionnaire suivant afin d'écarter tout malentendu.

1. Quand vous lui demandez s'il a envie de sortir, il fixe le sol et marmonne qu'il doit réviser pour son interro de géométrie, au cas où on aurait inventé de nouvelles formes depuis sa dernière année de seconde. **vrai / faux**

2. Vous lui annoncez que vous allez recommencer à dormir avec les volets et la fenêtre fermés… Ça semble ne lui faire ni chaud ni froid. **vrai / faux**

3. Il prend un appel sur son portable et s'écrie : « Quoi ? La maison brûle ? Le chien est tombé dans le puits ? Tu ne retrouves plus la télécommande de la télé ? J'arrive tout de suite ! » alors que vous n'avez jamais entendu sonner son téléphone. **vrai / faux**

4. Quand vous lui proposez une balade romantique dans le cimetière, il invite des amis à se joindre à vous. **vrai / faux**

5. Vous avez remarqué les traces du sang de quelqu'un d'autre sur son col. **vrai / faux**

6. Vous évoquez l'éternité, et il mentionne en passant qu'il cherche une location d'été pour lui seul afin de rendre visite à son arrière-arrière-arrière-arrière-arrière-grand-mère à Prague. **vrai / faux**

7. Il vous a offert un iPod pour votre anniversaire avec, à l'intérieur, des chansons comme « Born to Run », « Miss Independence » et une vieille bande-son pleine de craquements qui s'intitule « You're Too Sexy For Your Vampire ». **vrai / faux**

8. Il s'est mis à vous envoyer des textos au lieu de vous téléphoner ou de passer vous voir d'un coup d'aile. **vrai / faux**

9. Il refuse de vous tenir la main en public parce qu'elle est « trop chaude ». **vrai / faux**

10. La semaine dernière, il vous a expédié un exemplaire de *Beaux mecs surnaturels encore méconnus : guide destiné aux filles qui feraient mieux de s'éloigner des cimetières.* **vrai / faux**

## résultats

### SI VOUS AVEZ LE PLUS SOUVENT RÉPONDU « VRAI »

**Votre couple est presque cuit !** Avez-vous eu l'audace d'empester l'ail, de porter des corsages roses, de lui assurer que vous étiez capable de porter des objets lourds toute seule ? Réfrénez vos envies d'indépendance et renoncez à vos attitudes anti-vampiriques immédiatement. Si la situation ne s'améliore pas dans l'heure, vous devrez admettre qu'il est temps de mettre un terme à cette relation.

---

### SI VOUS AVEZ LE PLUS SOUVENT RÉPONDU « FAUX »

**Êtes-vous certaine d'avoir été tout à fait honnête ?** Cette drôle de tache sur son col n'était pas du chocolat, très chère. Toujours aussi sûre de vous ? OK. Dans ce cas, commencez à tirer des plans sur la comète car il pense « éternité ». Il vous est possible d'accélérer les choses en accentuant votre vulnérabilité, mais il ne devrait pas tarder à accepter de vous transformer !

# ce qu'il dit et ce qu'il pense

Si vous voulez savoir où en est votre couple, vous devez absolument être attentive à chaque mot qui s'échappe de sa bouche craquante et sensuelle. Parfois, il s'exprime avec une clarté éblouissante. Par exemple : « Je t'aimerai toujours » ou « Il est temps que je te tue… définitivement. » À d'autres moments, ses paroles ont une signification plus hermétique. Heureusement, vous avez sous la main un vampire comme moi pour vous aider à les décoder.

---

**IL dit :** « J'ai drôlement soif. »

**IL pense :** « Je crois qu'il faut que je voie – ou au moins que je m'abreuve à – d'autres gens. Parce que si je voulais te saigner, je ne te dirais pas que j'ai soif, j'agirais. »

---

**IL dit :** « Tu es belle comme la lune. »

**IL pense :** « Je vais me contrôler comme un gentleman, mais je te déchirerais volontiers à belles dents. »

---

**IL dit :** « Tu es mon soleil. »

**IL pense :** « Tu me tues, ma vieille ! J'ai besoin d'air. Tout de suite. »

---

**IL dit :** « Je crois que j'ai froid aux yeux. »

**IL pense :** « Tout va bien. Continuons comme ça. »

---

**IL dit :** « Tu n'aurais pas préféré que je sois un loup-garou ? »

**IL pense :** « Il m'arrive aussi de douter de moi-même. Donne-moi un peu plus de preuves de ton amour. »

# les gestes romantiques qu'il devrait avoir

Il est vital de déterminer s'il est un Roméo ou un Romé-oh-non-il-ne-l'a-pas-fait ! Voici quelques moyens de vérifier que si son cœur battait, il battrait pour vous.

---

## 1 ✠ il veille sur vous pendant votre sommeil

Vous êtes sa petite fleur de chair humaine et il aime passer la moindre seconde à écouter la mélodie du sang battant dans vos veines, y compris quand vous dormez. Alors, évitez de ronfler, débrouillez-vous pour avoir l'haleine fraîche au matin et ne vous grattez pas à des endroits gênants.

---

## 2 ✠ il vous offre des cadeaux

Détail fort peu connu sur les vampires, ils sont *pleins aux as* (surtout quand ils descendent de la vieille noblesse transylvanienne). Il y a toutes les chances pour que le vôtre soit assis sur un tas d'or (expression à prendre au sens littéral, car il adore se rouler dans les louis d'or).

---

## 3 ✠ il vous papouille

Voici ce dont vous avez besoin : deux oreillers de la taille d'un corps (le sien est dur comme le roc), une couverture isolante (sa peau est froide comme la glace), deux chaufferettes de poche (une pour chaque pied), et un bonnet en laine. Allez, hop ! c'est l'heure du câlin.

---

## 4 ✠ il vous écrit des ballades romantiques

Il a sans doute compté parmi les amis de Shelley et s'exprime à coups d'adorables archaïsmes tels que « ma mie » et « dulcinée ». Inutile de chercher ailleurs si vous souhaitez que l'on compare votre vie de mortelle à un coucher de soleil furtif. Points supplémentaires s'il y ajoute un air de luth.

---

## 5 ✠ il tue vos ennemis

Il a faim, mais il est attentionné. Aussi, ce n'est pas vous qu'il dévore mais les gens que vous n'aimez pas !

---

## 6 ✠ il vous consacre du temps

Il vous accompagne en cours, il reste toute la nuit à votre chevet, il est présent quand vous vous réveillez, il est présent aussi quand vous dormez. Vous devez même lui demander la permission d'aller aux toilettes ! Autant de signes qui prouvent combien il tient à vous.

---

## 7 ✠ il vous emmène voler

L'air siffle à vos oreilles, le sol défile sous vos yeux. Vous avez froid et vaguement envie de vomir, mais vos copines sont *hyper* jalouses. (Note : priez-le de ne pas se transformer en chauve-souris pour ces promenades nocturnes, vous risqueriez de ne pas être installée très confortablement.)

---

## 8 ✠ il parle d'éternité

Vous pensiez qu'évoquer l'éternité qui vous attend tous les deux serait super romantique, au lieu de quoi il fait preuve d'un étonnant sens pratique. Plutôt que de vous décrire un petit tombeau d'amour dans les bois, il dégoise sur les vides juridiques en matière de taxe foncière.

---

## 9 ✠ il vous emmène dîner en ville

Rien de plus rasoir pour un vampire que le restaurant. (Sauf si le serveur se révèle être un en-cas possible.) Donc, appréciez l'invitation à sa juste valeur. La nourriture humaine, ce n'est pas sa tasse de sang. Pas plus que la conversation à bâtons rompus. Quant aux endroits bondés, il déteste !

« Mais Vlad, m'objecterez-vous, que puis-je faire pour lui retourner autant de colossale gentillesse ? Je ne suis pas en mesure de le porter sur mon dos à une vitesse vertigineuse ni de liquider ses ennemis (parce qu'ils sont déjà morts). J'ai peur qu'il me croie moins engagée que lui. »

C'est une crainte justifiée, en effet. Ne cédez pas au désespoir cependant, car vous pouvez :

- **L'ÉTONNER** en laissant une pile de sudoku sur le rebord de votre fenêtre, histoire de l'aider à tuer le temps quand vous dormez.
- **PRENDRE UNE BOÎTE DE CHOCOLATS** et en remplir les petits compartiments avec des échantillons de votre sang. Afin de varier les saveurs, pensez à manger quelque chose de différent avant de vous piquer le doigt. Vous souhaitez qu'il ait un aperçu de votre côté épicé ? Avalez quelques cuillerées de Tabasco. Vous désirez qu'il découvre la douceur de votre nature intime ? Gorgez-vous de miel.
- **FAIRE CIRCULER UNE PÉTITION** pour l'éradication de l'ail dans les supermarchés et les restaurants de votre ville.
- **PRENDRE DES COURS DE PARACHUTE,** histoire de lui prouver que vous êtes plus que prête à faire le grand saut, même habillée d'un corset qui restreint vos mouvements.
- **DORMIR TOUTE LA JOURNÉE** afin d'être avec lui toute la nuit. Certes, vos notes risquent de dégringoler et vous perdrez tous vos amis, mais qu'est-ce, au regard de l'immortalité ? Vos yeux finiront par s'habituer à l'obscurité. Votre cœur aussi.
- **APPRENDRE UNE NOUVELLE LANGUE ÉTRANGÈRE,** le roumain, par exemple. Essayez au moins de mémoriser des phrases du quotidien, telles que : « Mords-moi », « À toi pour toujours », « Cuisson saignante, s'il vous plaît », « Comme tu as de grandes dents ! »
- **LUI ÉCRIRE UN POÈME !** Si vous avez besoin d'aide, consultez la page suivante.

# écrivez un poème à votre vampire

## l'option « comblez les trous »

Mettez dans chaque espace vide le mot qui décrit au mieux votre prince du sang. En un tour de main, vous obtenez un madrigal qu'il ne manquera pas d'apprécier éternellement (ou, du moins, jusqu'à ce que vous ayez commencé à vous décomposer).

Très cher ____________________ ,
nom de votre vampire

Comme ta peau ________________________________ me ravit,
étincelante, marmoréenne, adamantine

De tes orteils ____________ à ton menton exquis.
glacés, gelés

L'éternité à respirer ta ________________ haleine,
fraîche, douce, pure

Pitié ! Transforme-moi avant la mort humaine !

Le cœur submergé __________________________ , je te regarde,
de désir, de frayeur, d'affection

Confie mon âme et mon sang __________________ à ta garde.
sucré, salé, bien rouge

## kit de poésie vampirique

Si vous préférez composer la chose à votre façon, je décline ci-dessous quelques rimes pratiques, propices à stimuler votre jouvencelle imagination.

**VAMPIRE**
inspire, respire, transpire (pas son genre), lyre, désire, empire

**SANG**
rang, étang, hareng (évitez celui-là)

**ÉTERNEL**
exceptionnel, charnel, sempiternel, scalpel, corporel

**FROID**
proie, lamproie (bof), assoit, poudroie

**CROC**
broc, accroc, escroc (risque de ne pas apprécier)

**LUNE**
dune, rancune, tribune, lagune, fortune, brune

**CŒUR**
rancœur, frayeur, adaptateur, chœur, saucissonneur

# célébrez les fêtes traditionnelles avec votre vampire

S'il risque de n'être pas très religieux, votre vampire a toutes les chances d'être très traditionnel. Dans « festivités », il verra surtout le côté « festin », une occasion de se gorger de sang frais. Prenez garde toutefois, car vos parents n'apprécieront sûrement pas que le dimanche de Pâques, il enduise votre porte d'hémoglobine afin de la lécher quand vous serez couchée. Voici quelques conseils pour passer du bon temps avec l'immortel de vos rêves !

## le jour de l'an

**Évitez de parler de « nouvelle année », sous peine de vous retrouver seule à minuit pendant qu'il méditera mélancoliquement dans le cimetière voisin.** Nous recommandons de ne rien faire de particulier ce soir-là, car cette date lui rappellera juste combien il est âgé, et il sera encore plus lugubre que d'habitude.

## la saint-georges

**Dans certains pays, cette fête chrétienne marque le retour des moutons des alpages.** Par-dessus le marché, les démons de la terre sont censés se balader en toute liberté au douzième coup de minuit. Que cela ne vous empêche pas d'en faire une affaire romantique ! Filez à la campagne tard le soir pour pique-niquer sous des cieux embrumés. Il se régalera du sang des agneaux.

## le solstice d'hiver

**Quelle meilleure alternative à Noël et à la Fête des lumières ?** Rangez-moi crèches et guirlandes, et profitez de la plus longue nuit de l'année pour vous gaver d'obscurité et de tristesse.

## halloween

**Les esprits quittent leurs sépulcres, son clan et ses amis n'hésiteront pas à se joindre à vous.** Comme ils ne mangeront sans doute pas beaucoup, concentrez-vous sur la décoration. Vous disposez déjà d'une chambre au bon goût vampirique, ajoutez-y quelques touches festives : toiles d'araignée, soupçon de brouillard, etc., de façon à ce que vos invités se sentent comme chez eux. Proposez des divertissements telle la pêche miraculeuse – les crocs se révéleront très pratiques ici – et une piñata à l'effigie de Van Helsing.

Vous avez sûrement compris maintenant que, quels que soient vos dons – écrire un poème, afficher une beauté distante – un vampire vous surpassera toujours. Vous ne serez jamais que le steak haché de sa côte de bœuf, le parfum de Prisunic de son Guerlain, la Mandy Moore de sa Kelly Clarkson. Il existe cependant une activité où les humains sont meilleurs que leurs frères immortels : les arts plastiques. Ne manquez surtout pas de montrer vos talents à votre vampire. Il sera moins enclin à vous échanger contre une autre s'il sait que vous êtes à même de rendre son cercueil douillet et confortable.

Pas de panique ! Vous trouverez un tas de travaux manuels qui lui laisseront tout le loisir de vous couver de son regard protecteur pendant votre sommeil, ou de vous sauver dès que vous vous mettrez en péril. À moins que vous ne soyez amish, tisser votre propre cardigan sera difficile. Même lui tricoter un pull risque d'être trop long. Mais un saut à la boutique de loisirs créatifs vous équipera en fils et en aiguilles. Vous serez alors en mesure de lui fabriquer une jolie broderie. Bonus : autorisez-le à admirer vos doigts gracieux tandis que vous tirez l'aiguille et vous aurez peut-être droit à un poème épique sur vos délicates jointures.

# broderie vampirique

Voici la seule croix qui ne le transformera pas en poussière : le point de croix ! Servez-vous de deux cotons à broder. Sur notre schéma, les X indiquent d'exécuter un point de croix complet et les / de n'en faire que la première partie. Commencez en haut, à gauche et descendez jusqu'en bas, à droite.

**R**ien n'indique que votre vampire, qu'il soit loin ou près de vous, versé dans la poésie ou dans les arts décoratifs, continuera de s'intéresser à vous. Si vous avez l'impression que son attraction pour vous décline, recourez à des mesures extrêmes.

Mon petit ami vampire adore me sauver la vie, c'est une des choses qui l'excitent le plus. Dès que je le sens se lasser de notre relation, je trébuche et tombe devant un 15 tonnes, et il se jette à mon secours. Ça marche à tous les coups, un véritable talisman.

LUCY, 16 ans

Je n'étais pas allée à l'église depuis cinq ans. J'ai appelé ma grand-mère pour lui annoncer que je voulais l'accompagner à la messe du samedi soir. Elle a failli s'évanouir, mais le truc n'est pas là. Le truc, c'est que ça a rendu mon vampire carrément dingue. Genre : «Mais tu ne peux pas me faire ça!» Et moi : «Écoute, il faut que j'explore toutes les options qui s'offrent à moi.» (Pas mal, la repartie, hein?) Durant tout l'office, je l'ai vu tourner autour de l'église, en ombre chinoise derrière les vitraux. C'était d'un romantisme! Après ça, il était raide dingue de moi, si vous voyez ce que je veux dire. Je vous recommande vivement ces petites incartades religieuses pour entretenir sa flamme.

REESE, 15 ans

# prendre du temps pour vous

N'oubliez pas de vous préserver des instants rien qu'à vous, voilà qui soulignera votre importance. Après tout, si vous n'êtes pas en forme, détendue et robuste, comment voulez-vous que votre vampire voie en vous la compagne immortelle de ses rêves ? Peu de gens apprécient les tueuses d'ambiance ! N'hésitez donc pas à passer de nombreux tête-à-tête avec vous-même. Rappelez-vous par ailleurs que votre absence (distillée à très petites doses) amènera son cœur de glace à fondre. Manquez-lui un peu, il n'en sera que plus heureux de vous retrouver le lendemain.

---

## ✣ détendez-vous

**Toutes ces nuits tardives vous donnent l'impression d'être en plein délire parano ?** Relaxez-vous à l'aide d'une tisane (surtout pas de caféine !), de musique douce et d'un bon bouquin populaire sur les vampires. En moins de deux minutes, vous dormirez à poings fermés, attirant ainsi un certain quelqu'un à votre fenêtre. Aussi, soyez vigilante : surtout pas de vieux pyjama !

---

## ✣ sortez

**Après des mois consacrés à concocter votre plan, à comploter, à vous pomponner, vous tenez enfin une chance de retrouver votre énergie en vous octroyant une sortie en ville spontanée !** (Pas trop spontanée, naturellement). Enduisez-vous de crème solaire, mettez des vêtements qui dissimuleront le moindre pan de votre peau, ajoutez-y une capeline pour une protection maximum et n'oubliez pas vos lunettes de soleil. Et maintenant, dehors !

## voyez vos amis

**Vous vous souvenez de ces gens avec qui vous aimiez traîner autrefois ?** Vous leur passiez des mots en cours, vous mangiez avec eux à la cantine, vous preniez un café ensemble le week-end. Ils existent sans doute encore et se demandent ce que vous êtes devenue. Il est temps de passer certains coups de fil et de vérifier leurs statuts sur Facebook. Vous avez découvert des boutiques super qui vendent d'adorables corsets vintage, votre meilleure amie (tâchez de vous rappeler son prénom) aura sûrement envie de vous y accompagner.

---

## consacrez-vous une soirée

**La fréquentation d'un vampire épuiserait n'importe qui.** Il est un représentant de la perfection absolue, et les mortelles ont du pain sur la planche pour atteindre quelque chose d'approchant. Si, en plus, vous le voyez toutes les nuits, la pression est énorme. Alors, accordez-vous une soirée de liberté. Fermez les volets (des fois qu'il vous observe) et prenez un long bain très chaud. Octroyez-vous une pédicure, vernissez vos orteils d'une couleur différente de celle de vos doigts. Écrasez un avocat et faites-vous un masque sans vous inquiéter qu'il vous voie toute verte. Lisez un de ces magazines féminins qu'il déteste ou plongez-vous dans un roman à l'eau de rose. Allumez les bougies parfumées qui sentent trop fort pour son odorat surhumain et drapez-vous dans votre pyjama le plus confortable : si c'est aussi le plus moche, aucun souci !

---

## faites ce que vous ne pouvez pas faire en sa présence

**Gargarisez-vous avec de l'eau bénite : vous ne l'embrasserez pas ce soir !** Ce crucifix en pendentif ? Mettez-le ! De l'ail sur votre pizza ? Sans hésitation. Retirez tous vos pansements et aérez vos égratignures. Ouvrez les volets et laissez entrer le soleil. Vautrez-vous dans votre mortalité… tant qu'elle dure.

## incantations relationnelles

Sortir avec un vampire, ce n'est pas du gâteau. Mais courage, simple mortelle ! Lisez les incantations suivantes afin d'étouffer les doutes qui pourraient vous assaillir.

### vous êtes submergée par un sentiment d'incompétence

Je ne suis qu'une pauvre mortelle. Il ne peut trop exiger de moi.
Je ne suis qu'une pauvre mortelle. Il ne peut trop exiger de moi.

### vous surprenez son regard qui vagabonde

Une semaine encore avant qu'il me largue, *peut-être* !
Une semaine encore avant qu'il me largue, *peut-être* !

### vous avez peur qu'il ne vous tue

Mon sang a sûrement mauvais goût !
Mon sang a sûrement mauvais goût !

Lorsque vous vous serez fréquentés un bon moment, la question de l'éternité ne manquera pas de se poser. Vous en avez de la veine ! C'est justement le sujet de notre prochain chapitre !

# CHAPITRE HUIT

# Votre cœur brûle-t-il d'une flamme éternelle ?

L'éternité… Ça fait long. Je suis bien placé pour le savoir. C'est fastoche, pour vous autres mortels. Quand vous déclarez : « jusqu'à ce que la mort nous sépare », vous signez pour cent ans à tout casser. Il arrive que nous devions patienter autant de temps avant d'obtenir un rendez-vous chez le dentiste : bref, un siècle, pour nous, c'est peanuts. Lorsque vous décrétez vouloir vous engager auprès d'un vampire pour toujours, vous voulez dire : « jusqu'à la fin des temps »… Ça ne sera possible que s'il vous accorde la morsure (im)mortelle que vous espérez tant. Auparavant, il serait bon que vous pesiez le pour et le contre d'une telle décision.

# devenir vampirette : les pour et les contre

## pour

- Vous vivrez assez pour découvrir si l'avenir ressemble à celui décrit dans ***Wall-E***.
- **Vous n'aurez pas à être sympa** avec ceux que vous n'appréciez pas. N'hésitez pas à montrer les dents !
- **Haleine aux arômes de menthe fraîche.** Imaginez tout l'argent économisé en bains de bouche.
- **Bonnes notes garanties** quand vous recommencerez le bahut pour la cinquième fois.
- **Vous serez la plus belle fille du lycée** (y compris Caitlin et son nez archi-refait).

## contre

- Même si vous êtes la plus belle fille du lycée, **Caitlin ne sera plus là pour vous envier.**
- **Vous assisterez à la disparition de toutes les espèces menacées.** Vous arriveriez vraiment à vivre dans un monde privé du sanglier des Philippines ? Je ne crois pas, non.
- Vous vous souvenez à quel point vous en avez eu marre de manger de la gelée quand on vous a opéré des dents de sagesse ? **Imaginez un peu de ne boire que du sang pendant 3 000 ans !** Et ils n'en font pas du parfumé à la myrtille.
- **La soirée Barry Manilow** commencera vraiment à sentir la poussière à la saison 214 de la *Nouvelle Star*.
- ***High School Musical 81…***

# êtes-vous prête à devenir vampirette ?

**1. Votre vampire et vous, êtes-vous vraiment proches ?**

a. Il consacre toutes ses nuits à écrire des sonnets sur la façon dont vos paupières reflètent les étoiles.

b. Tout va bien. Ce n'est pas de votre faute si vous ne comprenez pas ce qu'il raconte quand il se met à parler en anglais du Moyen Âge. (Ce qu'il passe son temps à faire.)

c. Super proches ! Il vous aime, son clan aussi. Vous trouvez très mignon le béguin de son petit frère pour vous, même s'il aspire surtout à vous saigner.

**2. Combien de nuits par semaine votre vampire vous contemple-t-il par la fenêtre ?**

a. Toutes, sauf quand vous dormez entre ses bras glacés.

b. Vous ne le repérez qu'une ou deux fois par semaine.

c. Toutes, sauf quand il est ailleurs, occupé à chasser des proies moins adorables que vous.

**3. Qu'est-ce qui vous dérange le plus dans votre relation ?**

a. Le régime sanguin, l'accent transylvanien, la mélancolie, ne pas pouvoir aller à la plage avec vos amis…

b. Il est dur d'être une créature nocturne et vous dépensez tout votre argent en boissons énergétiques.

c. Quel dommage que vous soyez obligée de dormir, d'aller au lycée, de manger et de prétendre mener une vie normale. Vous voudriez être constamment avec votre vampire.

**4. Quels sont vos projets pour les années à venir ?**

a. Devenir immortelle et rester toujours avec votre chéri.

b. Vous détendre en compagnie de l'élu de votre cœur, vous balader à minuit et essayer de ne pas être la proie des méchants vampires qui veulent vous tuer.

c. Passer le bac, aller à la fac, bosser cet été chez le glacier local.

**5. Quel serait le pire de l'immortalité ?**

a. La perspective de boire du sang vous répugne un tantinet.

b. Rien de ce qui concerne votre petit ami ne peut être mal. Les vampires sont beaux et d'un romantisme inégalé.

c. Ne pas pouvoir vous regarder dans un miroir, ne pas pouvoir vous exposer au soleil, boire du sang, être obligée d'écrire de la poésie tout le temps, etc., etc.

**6. Pourquoi souhaitez-vous être une vampirette ?**

a. Vous commencez justement à vous poser la question. Boire du sang et tuer des gens entachent un peu le côté cool de la chose.

b. Pour tout ! Une peau sans défauts, des vêtements de rêve, une vieille demeure somptueuse et l'éternité avec votre chéri.

c. Arriver à courir à une vitesse ridiculement élevée et à sauter super haut serait plutôt chouette.

**7. Avez-vous jamais (cochez toutes les propositions valables) :**

__ Regretté que votre steak saignant ne soit pas un tout petit peu moins cuit ?

__ Montré les dents à quelqu'un qui vous avait fait sursauter ?

__ Salivé pendant un don du sang ?

__ Arpenté le cimetière toute une nuit, même quand votre vampire n'était pas avec vous ?

__ Regretté que votre lit n'ait ni parois ni couvercle ?

__ Essayé des lentilles de contact rouges et trouvé qu'elles vous allaient super bien ?

__ Cédé à une hygiène dentaire obsessionnelle ?
__ Veillé toute la nuit ?
__ Épluché une orange sanguine et été déçue de constater qu'elle n'était qu'un fruit ?
__ Préféré rester enfermée chez vous parce qu'il y avait trop de soleil dehors ?

## résultats

**COMPTEZ VOS POINTS EN FONCTION DE VOS RÉPONSES :**

**1.** **a.** 1 **b.** 0 **c.** 2
**2.** **a.** 2 **b.** 0 **c.** 1
**3.** **a.** 0 **b.** 1 **c.** 2
**4.** **a.** 2 **b.** 1 **c.** 0
**5.** **a.** 1 **b.** 2 **c.** 0
**6.** **a.** 0 **b.** 2 **c.** 1
**7.** Attribuez-vous 1 point par proposition cochée.

---

### DE 0 À 7 POINTS

**Êtes-vous sûre que vous devriez sortir avec un vampire ?** Franchement, vous devriez être flattée que votre copain accepte de tenter sa chance avec une fille aussi bronzée que vous ! Vous n'avez pas du tout l'étoffe d'une vampirette.

---

### DE 8 À 14 POINTS

**L'immortalité n'est pas gagnée.** Si vous êtes accro à la sensualité torride de votre mec, apparemment vous n'êtes pas encore prête à devenir une dame vampire.

---

### DE 15 À 22 POINTS

**Êtes-vous certaine de n'être pas déjà vampire ?** La prochaine fois que vous et votre chéri vous embrasserez, offrez-lui votre cou et croisez les doigts pour qu'il ne vous saigne pas à blanc accidentellement !

Ai-je envie de rester avec Mandy? J'hésite. D'un côté, la perspective de rester en sa compagnie jusqu'à la fin des temps est… pour le moins intimidante. De l'autre, la voir vieillir me flanque les jetons.

ALARIC, 223 ans

Je vais être franc. On croit qu'on désire être avec elle à jamais et, au moment où ça se produit, on se dit : «Sanglante mère des vampires, mais qu'ai-je donc fait?» On est saisi par d'amers remords. Un instant qui dure très, très longtemps.

GREGOR, 498 ans

Je n'ai jamais trouvé «la bonne». Attention, j'ai rencontré des tas d'humaines formidables. Certaines sont devenues mes copines, d'autres sont restées des goûters. Des centaines m'ont réellement ému. Mais une fille pour l'éternité? Disons juste que ça fait un sacré bail pour partager un cercueil.

GUSTAVO, 182 ans

# Six allusions destinées à prouver que vous êtes prête pour l'éternité

Bon, votre vampire a besoin d'un coup de pouce pour se décider. Ce n'est pas parce que vous êtes volontaire pour être sa partenaire/amante éternelle et sexy que lui est partant pour s'engager « jusqu'à ce que les pieux vous séparent ». Si ça se trouve, il ne sait même pas que vous êtes prête à faire le grand saut. Aussi parfait soit-il, il ne lit pas dans la pensée des gens (enfin si, peut-être, mais, en l'occurrence, il peut avoir décidé de jouer les illettrés). Voici quelques méthodes pour aborder le sujet sans risquer de l'effrayer.

1 ✣ **FAITES-LUI LA SURPRISE DE LUI OFFRIR DES BILLETS** pour les Jeux olympiques d'hiver de… 2332.

2 ✣ **OFFREZ-LUI UN CACTUS SAGUARO** (la plante qui pousse le plus lentement au monde) pour la Saint-Valentin. Écrivez sur la carte d'accompagnement que vous espérez que votre amour s'épanouira telles les fleurs de ce cactus (la première devrait apparaître d'ici seize ans).

3 ✣ **LORS DE VOTRE PROCHAINE PROMENADE ROMANTIQUE, ADMIREZ LE CIEL** et dites à votre vampire que vous avez hâte de pouvoir habiter un jour une colonie sur la lune, quand les savants se seront dépatouillés avec les aspects pratiques de la chose.

4 ✣ **REFUSEZ D'ALLER FAIRE DU SNOW-BOARD** tant que vous êtes « cassable ». Ce sera bien plus drôle lorsque vous serez indestructible et non pas obligée de porter un de ces casques immondes.

5 ✣ **REFUSEZ DE VOUS EXCUSER** pour avoir oublié l'anniversaire de votre meilleure amie. Après tout, « elle sera morte dans quatre-vingts ans ».

6 ✣ **CHANGEZ VOTRE STATUT SUR FACEBOOK POUR INDIQUER « ÉTERNELLEMENT CONNECTÉE »** et voyez s'il confirme.

Avant de prendre une décision aussi importante, il me paraît nécessaire d'interroger ceux en qui vous avez confiance pour savoir si vous avez toute votre raison et pour connaître la force de vos motivations. S'ils vous encouragent, foncez ! S'ils hésitent, partez du principe qu'ils font partie de la grande conspiration anti-vampires et trouvez quelqu'un d'autre (moi, par exemple) à qui poser la question.

Au bout de cinq années, les choses sont devenues assez sérieuses entre nous. Une nuit, alors que nous nous baladions dans les bois sombres derrière chez moi, il s'est penché, a relevé mes cheveux et mordu en plein dans ma jugulaire. C'était d'un romantisme époustouflant !

Voilà maintenant soixante-quinze ans que nous sommes ensemble, et la seule raison pour laquelle il ne m'a pas quittée, c'est qu'il culpabilise de m'avoir transformée en vampirette. L'éternité, ce n'est pas du tout ce qu'on en raconte. Elle vous donne le temps de découvrir toutes les habitudes agaçantes de votre chéri, genre il prend toute la place dans le cercueil, laisse des taches de sang sur vos plus belles nappes et fait de l'œil à la zombie voisine. Parfois, je regrette de ne pas être morte. Sérieux.

EUGENIA, 90 ans

Ma fille Olivia suppliait son horrible petit ami de lui offrir autre chose que la vie «affreusement ennuyeuse» qu'elle menait avec nous. Je l'ai avertie que, si elle comptait rester avec lui, ce n'était pas la peine qu'elle revienne à la maison. Il était clair qu'elle ne tournait pas rond.

Voici vingt-deux ans que je ne les ai pas vus. Il l'a sans doute donnée en pâture à un loup-garou. Je lui avais pourtant bien dit que l'éternité, c'était long. S'ils sont encore ensemble, ils sont sûrement accrochés au plafond d'une grotte répugnante.

SUSIE, âge non précisé

Oh, Vlad! piaillez-vous d'une voix guère convenable. «Je suis prête! Prenez-moi, ô source magnifique de ma transformation! Prenez-moi!» Je vous aspergerais volontiers d'eau glacée si je ne craignais de mouiller les pages que vous lisez. Vous n'hésiteriez pas à vous en remettre entièrement à lui (ou à moi, en l'occurrence), hein?

Eh bien, pas si vite! Si vous croyez que le chemin vers l'éternité ne consiste qu'en deux petites morsures, vous ignorez cependant un fait crucial : le vampire ne vous a pas fondamentalement dans le sang.

Juré craché.

Pourquoi ça? Lisez donc la troisième partie du présent ouvrage.

## MESSAGE DE GRETA, TUEUSE DE VAMPIRES

Chère vampirette en herbe,

Ainsi, vous deux vous apprêtez à ~~vieillir~~ rester (jeunes) ensemble pour l'éternité. Comme c'est mignon ! Vous devez déjà saliver à l'idée du cadeau surprise que vous vous offrirez pour le dîner, genre une proie toute fraîche de quatorze ans. Je vous envie. Presque.

Mesurez-vous l'étendue de ce que signifie le mot « permanence » ? Si vous changez d'avis, il ne vous suffira pas de décréter que rien ne vaut les humains et de tourner les talons. Votre cœur d'adolescente sujette aux attaques hormonales a déjà du mal à choisir ce que vous allez mettre pour votre leçon de conduite. Comment espérez-vous être capable de prendre une décision aussi radicale ?

Si vous ignorez mes conseils, je crains qu'il ne reste que deux options. Un, ça se finit dans le sang. Deux, vous survivez à l'instant où vous dites à votre chéri que vous voulez devenir immortelle, et il vous mord pour marquer l'événement. Ça y est ? Vous êtes une vampirette pur-sang ? Félicitations ! Vous êtes la prochaine sur ma liste.

TROISIÈME PARTIE

# agonie d'une relation

CHAPITRE NEUF

# ce n'est pas sa faute, mais la vôtre

Vous pensiez que tout se passait bien ! Vous croyiez qu'il était à vous, tout à vous ! Lorsqu'il vous a juré sa flamme éternelle, vous l'avez cru ! C'est parfaitement compréhensible, vous n'êtes qu'humaine, après tout.

Ce qui échappe à vos yeux de mortelle, c'est qu'il commence à se lasser. Le sang a une odeur toujours plus alléchante quand il est difficile à obtenir. Il s'est habitué à vous et la banalité des choses le pousse à fuir. Votre vulnérabilité et vos faiblesses ont sans doute été attirantes au début, mais elles ne tiennent pas la route face à l'intellect dur et froid d'un vampire.

Dans sa tête, c'est très clair : c'est vous, le problème, pas lui.

## huit choses qu'il ne supporte plus chez vous

1 ✣ Vous mangez trois fois par jour, vous vous gavez sans arrêt de produits chimiques. Répugnant.

2 ✣ Vous prenez des bains régulièrement.

3 ✣ Vous évoquez l'université à laquelle vous devez vous inscrire. Il a connu ça à dix-sept reprises.

4 ✣ Vous ne cessez de l'interroger sur ses sentiments. Lesquels ne varient pas tant que ça, vous savez.

5 ✣ Vous le transformez en photographe quand vous et vos copines êtes ensemble. Ce n'est pas parce qu'il n'apparaît pas sur les clichés qu'il a envie de vous tirer le portrait.

6 ✣ Vous ne faites pas la différence entre Schubert et Beethoven, alors que vous êtes capable de distinguer chacun des Jonas Brothers à la forme de leurs sourcils.

7 ✣ Vous l'appelez en pleine journée. Il y a en a qui essayent de dormir, figurez-vous.

8 ✣ Votre corps est trop chaud. Il a l'impression de bercer un poisson frit.

Certes, il n'est pas facile de déterminer le moment où votre vampire se désintéresse de vous : nous autres frères du sang ne sommes guère enclins à montrer nos émotions. Par ailleurs, les signaux d'alerte ne sont pas toujours les mêmes. Par exemple, un voyage inopiné en Italie ponctué d'un message rédigé à la va-vite : « Je t'aime tant que je ne te reverrai pas. Adieu à jamais » peut signifier « À plus ». En revanche, à un autre moment, il est susceptible de vouloir dire : « C'est fini. Sérieux. Rends-moi mon blouson aux couleurs de mon équipe de foot universitaire de Transylvanie. Ma nouvelle copine a froid. »

Si vous doutez encore, j'ai compilé, pour votre gouverne, quelques données sur les attitudes de votre vampire. Les chiffres ne mentent pas.

# décodez ce qu'il fait quand il est avec vous

### IL VOUS A DANS LE SANG

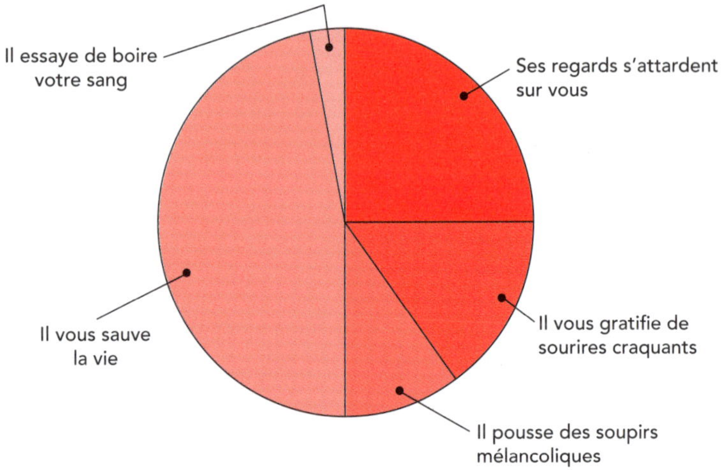


### IL EN A TERMINÉ AVEC VOUS

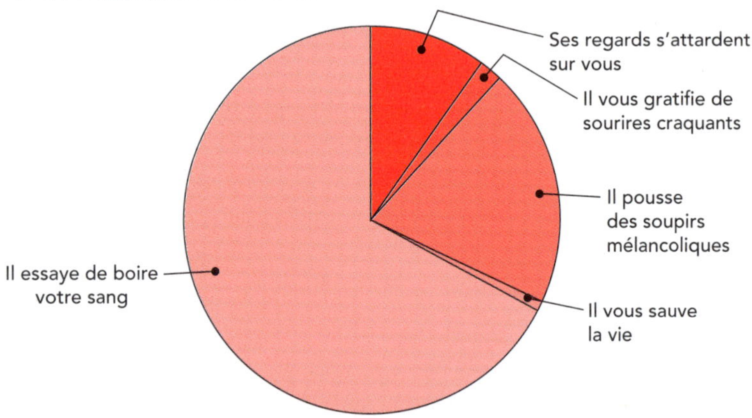

## TRAJECTOIRE TYPIQUE D'UNE RELATION

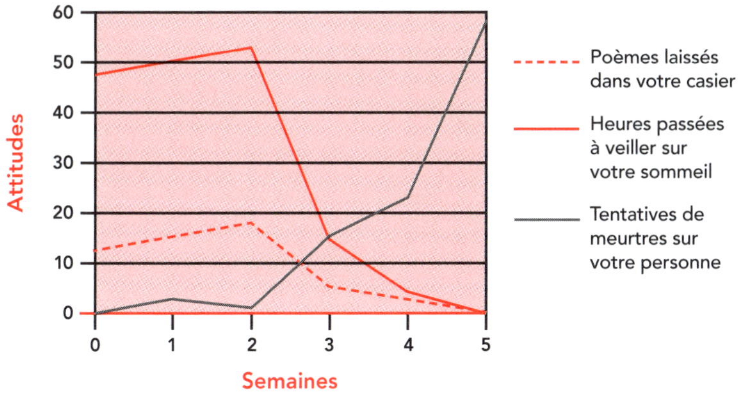


## LONGUEUR MOYENNE D'UNE RELATION EN FONCTION DU TYPE DE FILLE

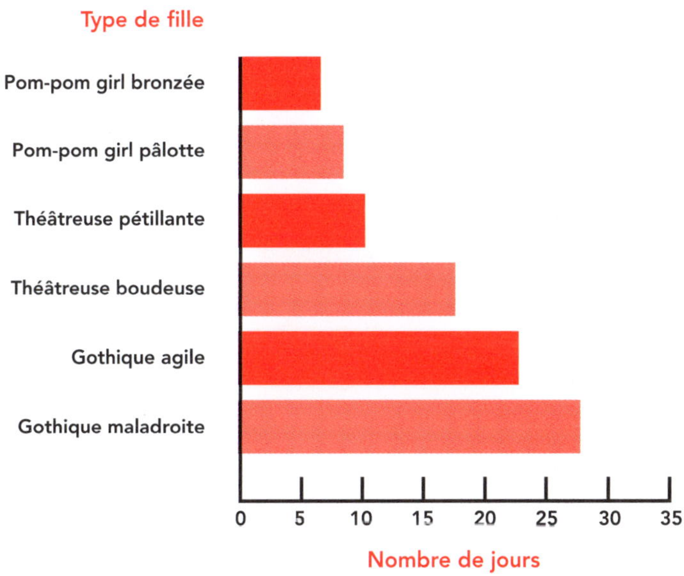

## allusions à sa lassitude

Parce qu'il ne veut pas blesser votre sensibilité à fleur de peau, ses allusions risquent de ne pas être aussi évidentes que celles des mâles humains qui entreprennent de rompre. Au lieu de lire entre les lignes (vous n'y trouverez qu'un espace, de toute façon), essayez de lire *sous* les lignes.

---

**IL dit :** «Je pars chasser.»

**IL pense :** «Tu commences à m'ennuyer, frêle mortelle.»

---

**IL dit :** «J'ai besoin d'air.»

**IL pense :** «Cent ans devraient le faire.»

---

**IL dit :** «Je t'aime trop pour te transformer en monstre comme moi.»

**IL pense :** «Pas question que je te garde pour l'éternité.»

---

**IL dit :** «Je t'ai cherchée durant l'éternité.»

**IL pense :** «Je suis sorti avec des tas de filles. Eh ouais, elles étaient sexy. Remets-toi.»

---

**IL dit :** «Il faut que tu ailles à la fac, ma petite chérie d'amour humaine.»

**IL pense :** «Déménage, à l'autre bout du pays si possible.»

---

**IL dit :** «Promets-moi de ne pas te mettre en danger.»

**IL pense :** «Franchement, c'est super pénible d'avoir toujours à te sauver au beau milieu d'un épisode de *Dexter*.»

## en a-t-il assez de vous ?

Vous vous entêtez à refuser d'admettre que c'est cuit ? Préférez-vous le découvrir sous la forme d'un test ? À votre guise. Pas étonnant qu'il ait envie de s'enfermer dans sa tombe, avec une tête de mule comme vous.

1. **Vous lui envoyez un texto disant : « Je me suis écorché la jambe en me rasant, ça n'arrête pas de saigner ! » Quelle est sa réponse ?**
   a. « Dommage ! Mets un pansement. »
   b. Rien.
   c. « L'artère est touchée ? »
   d. Il débarque chez vous avec un bouquet de roses et un verre à pied.

2. **Le dernier poème qu'il vous a dédié était intitulé :**
   a. Mauvaise haleine sanguine : tu l'as.
   b. Plein Sud.
   c. Je n'en peux plus !
   d. Crocs à l'émotion dévorante.

3. **Vous portez un col roulé lors de votre prochain rendez-vous pour voir comment il réagit. Que se passe-t-il ?**
   a. Il vous pose un lapin ! Vous a-t-il vue qui l'attendiez et a-t-il tourné les talons ?
   b. Au bout de cinq minutes, il annonce qu'il souffre d'une gastro et s'en va.
   c. Quand vous revenez des toilettes, vous le surprenez en train de graver le numéro de la serveuse sur son bras.
   d. Il a l'air déçu et vous demande pourquoi vous avez caché « un cou aussi divin ».

**4. Vous êtes en train de donner du plasma à la banque du sang. Alors que vous conversez avec votre vampire, une gothique somptueuse passe devant vous. Le pansement sur son bras laisse échapper un ruisselet de sang. Comment réagit-il ?**

a. Il fait comme s'il ne la remarquait pas, bien que ce ne soit pas vrai.

b. Il oublie ce qu'il était en train de vous dire et ses prunelles ardentes suivent les moindres mouvements de l'inconnue.

c. Il se lève en disant qu'il revient tout de suite et se rue derrière la fille.

d. Il plonge ses yeux dans les vôtres et vous déclare que vous êtes belle.

**5. Au désespoir, vous décidez de rallumer la flamme de sa passion en l'amenant à vous sauver la vie. Alors que vous longez des rails sous la pleine lune, vous trébuchez et tombez au moment où le train arrive. Que fait votre vampire ?**

a. Il soupire, lève les yeux au ciel et vous tire de là.

b. Il ne bronche pas et lâche : « OK, je te conseille de te relever. »

c. Il vous ligote sur les rails.

d. Il vous sauve avec force gestes théâtraux. Une fois que vous êtes en sécurité dans ses bras puissants, il vous appelle « mon adorée ».

## résultats

- **SI VOUS AVEZ PRINCIPALEMENT RÉPONDU A : il en a marre de vous.**
- **SI VOUS AVEZ PRINCIPALEMENT RÉPONDU B : il en a vraiment marre de vous.**
- **SI VOUS AVEZ PRINCIPALEMENT RÉPONDU C : il vous déteste.**
- **SI VOUS AVEZ RÉPONDU D ET SEULEMENT D : il vous a encore dans le sang.**

La copine que j'avais au siècle dernier s'était mis dans la tête que je la transformerais en vampire et que nous vivrions ensemble pour l'éternité. Nous nous fréquentions depuis six mois environ. J'étais beaucoup trop jeune à l'époque pour m'engager ainsi, mais quand j'ai essayé de le lui dire, elle a commencé à envoyer balader tous ceux qui lui adressaient la parole. Ce sont les vampires qui sont censés broyer du noir dans le couple ! J'ai jugé qu'il valait mieux arrêter les choses à ce stade plutôt que tenter de raisonner quelqu'un d'aussi puéril. Bref, je l'ai mordue… mais pas pour lui donner l'éternité.

TRISTRAM, 346 ans

Vous vous demandez pourquoi nous, les mecs, sommes toujours très occupés quand nous commençons à nous désintéresser de vous ? C'est parce que nous le sommes, tiens ! Nettoyer le tombeau, se laver les dents, ranger notre collection de créatures empaillées. Tout ça est bien plus amusant que traîner en compagnie d'une fille qui ne nous plaît plus. Désolé !

CHARLES, 803 ans

La traqueuse la voulait. J'ai dit OK. Voilà cent trois ans que la traqueuse et moi sommes ensemble !

BERTRAND, 302 ans

Comme il est déjà mort techniquement parlant, il est difficile de savoir qu'il est en train de mourir à l'intérieur. Malheureusement, que vous ne vous en rendiez pas compte ne facilite pas les choses.

Je n'ai pas vu Gustavo depuis deux ans. Enfin, deux ans, quatre mois, douze jours et trois heures. Mais c'est entièrement la faute de mon sang qui sentait trop bon et parce qu'il avait peur de ne pouvoir se retenir. Je sais qu'un jour il reviendra, et que nous nous remettrons ensemble, moi en caleçon de laine et bonnet de ski sur ses genoux glacés, lui me chatouillant amoureusement le cou de ses crocs. Comme autrefois. J'espère juste qu'il se décidera avant que je ne sois vieille et ridée. Ou avant le bal de fin d'année de ma terminale.

JENNA, 17 ANS

Après qu'Elijah ait annulé notre rendez-vous pour la troisième nuit consécutive, je suis passée chez ma copine Melissa afin de lui demander conseil. Trouvant bizarre que la voiture d'Elijah soit garée dans son allée, j'ai grimpé dans l'arbre qui donne sur la fenêtre de sa chambre. J'ai alors découvert qu'il me trompait avec cette horrible petite allumeuse de vampire ! J'étais tellement sous le choc que je suis tombée de ma branche. Elijah n'a même pas tenté de me sauver. C'est comme ça que j'ai compris que c'était fini entre nous.

MARIE, 17 ans

Au fil des très, très, très nombreuses années de mon existence, j'ai accumulé une multitude de diplômes auprès d'universités du monde entier. En revanche, je ne me suis pas frotté à l'art de la psychothérapie. Aussi, je voudrais vous adresser à l'un de mes collègues, le docteur Thaddeus Phillips, qui a mené des recherches intensives dans ce domaine et a reçu un DV (Doctorat Vampirique) à l'université de Crocsylvannie, en ex-URSS.

### DIAGNOSTIC DU DR THADDEUS PHILLIPS, DV

Je devine de la peur dans votre couple. Cette peur se traduit par la souffrance émotionnelle que vous éprouvez inévitablement au sein d'une relation aussi peu conventionnelle et, de façon plus pragmatique, par la souffrance réelle qui vous menace si vous continuez à gémir sans arrêt. S'il est le suceur de sang, vous êtes la sangsue, ma jeune amie. Vous persistez à le traquer alors que c'est à lui que revient traditionnellement le rôle du traqueur ! Comment voulez-vous qu'il exprime son amour ? Ayez la confiance de croire qu'il croit que vous lui faites confiance. C'est d'une simplicité enfantine.

Je vous encourage également à garder le silence, à taire vos geignements, d'autant que ses oreilles ne sont pas habituées à la quantité de décibels que vous émettez. Bien que jeune d'apparence, il a l'intolérance de la vieillesse, notamment envers vous.

Enfin, ne montrez pas du doigt ses défauts mais plutôt ceux de votre sang inadapté. Ayez la franchise de reconnaître que le vrai prédateur dans cette relation, c'est vous et non lui.

Dr Thaddeus Phillips, DV,
expert renommé en relations conjugales hors normes

# que faire quand votre relation a un pied dans la tombe

Vos jours sont comptés, petite fleur mortelle. Stop ! Je reformule : vos jours ont toujours été comptés, mais là, votre couple est aussi en train d'expirer. Il a un pied dans la tombe, mais pas au bon sens du terme malheureusement. Essayez d'éviter l'inéluctable à l'aide de ces ultimes conseils.

## rendez-le jaloux

Les vampires ont la réputation d'être possessifs. Il ne leur viendrait jamais à l'idée que vous puissiez être attirée par un autre. Le plus efficace ? Flirtez avec un loup-garou. Mais attention à ne pas vous faire mordre. Parce que si vous commencez à vous couvrir de poils, votre relation sera définitivement fichue.

## ayez plus d'« accidents »

Durant la période de flirt, vous avez frôlé la mort à maintes reprises. Il vous a sauvée d'accidents de voiture, d'agressions par des voyous et de longues errances dans des bois hostiles. Soyons francs : il en a assez. Injectez un peu d'adrénaline dans les veines de votre couple en variant les risques. Les attaques de requin sont toujours amusantes et les catastrophes aériennes ont un je-ne-sais-quoi qu'il adore. Fuyez les maladies rares, car il n'arrivera pas à vous guérir et il est exclu qu'il vous rende visite à l'hôpital.

## snobez-le

Voilà un geste audacieux, sournois et presque diabolique, à la mesure de son intelligence. Tâchez de rompre avec lui avant qu'il ne vous largue ! Ce sera une première pour lui et le choc sera tel qu'il risque de s'intéresser de nouveau à vous.

## accrochez-vous

Ce n'est guère possible, certes, vu qu'il a des maisons sur toute la planète et qu'il peut voler. Mais si vous humilier à grand renfort de coups de fils et de supplications vous soulage, qui suis-je pour vous en empêcher, hein ?

---

## faites comme si vous aviez déjà été transformée

Vous l'avez supplié de vous changer, il a refusé. Vous devinez qu'il s'éloigne et votre désespoir augmente. Voici une idée : trompez-le en l'amenant à croire qu'il vous a déjà vampirisée ! Notre espèce est connue pour sa distraction, surtout lorsque nous sommes tenaillés par l'appel du sang. Appliquez la recette suivante :

1. Abattez un porc devant son tombeau afin de détourner son attention.
2. Tartinez-vous de fond de teint blanc.
3. Mettez des lentilles de contact rouges.
4. Dites des choses comme : « Le temps n'a plus d'importance pour moi maintenant » et « Je n'avais encore jamais remarqué à quel point le monde agonise. »
5. Plongez-vous régulièrement dans des bains d'eau glacée.

Je m'en voudrais de refroidir les ardeurs de votre passion mais, si je ne suis pas honnête avec vous, qui le sera ? Pas votre vampire, en tout cas. L'honnêteté le séduit autant que faire des câlins à un chien et les bains de soleil. Comme il ne sera pas franc du collier, c'est à vous de l'être avec vous-même. Vous découvrirez dans le chapitre suivant quelques vérités sur vous que vous n'aviez pas forcément envie de connaître.

CHAPITRE DIX

# ce n'est pas votre faute, mais la sienne

Par souci d'honnêteté et d'équilibre, force est de partager avec vous l'opinion de Jane, 57 ans, l'ex-épouse du Dr Thaddeus Phillips. Bien que, en tant que mortelle, Jane n'ait pas de DV (Doctorat Vampirique), elle a étudié avec une grande précision les relations amoureuses entre humaines et vampires. Ses conclusions diffèrent quelque peu de celles du très estimé Dr Phillips.

### DIAGNOSTIC DU DR JANE OAKES, PHD

*Il ne vous poursuit plus de ses ardeurs comme autrefois ? La soif dévorante qui illuminait ses yeux s'est ternie ? Il semble que vous ayez un problème : un problème de vampire. Vous ne pouvez pas être la seule à vous taper tout le boulot. Il est prié de remuer son joli petit derrière d'immortel et d'entretenir la flamme !*

*Les types vieux de plusieurs siècles ont tendance à être facilement blasés, dans la mesure où ils ont expérimenté à peu près tout ce qui existe au moins deux fois dans leur vie. Ils vous traquent parce que votre cou est nouveau, mais dès qu'ils commencent à connaître votre groupe sanguin, ils ne vous rappellent plus.*

*Ne désespérez pas ! Il ne vous mérite pas. Vous êtes spéciale et vous devriez avoir un amoureux qui vous traite comme une princesse de la nuit. Honte aux gars qui ne s'intéressent qu'à votre sang et qui n'ont pas plus d'affect qu'une chauve-souris ! Larguez-le, il n'est pas à la hauteur de votre éternité !*

*Dr Jane Oakes, PhD*

Même si je suis conscient que le Dr Oakes se réfère à d'autres vampires que votre humble serviteur, je m'offusque de ces calomnies. Je fais des tas de choses pour conserver du piquant à ma vie sentimentale. J'écris des livres, par exemple ! Que je finis par offrir à l'amour de ma vie, Sarah… Pardon, Abby. Bon sang ! En quelle année sommes-nous ? Ah oui… C'est Félicia.

Bon, d'accord, j'avoue. Nous nous lassons parfois. Pour autant, nous ne sommes pas tous infidèles.

# fréquente-t-il quelqu'un (ou quelque chose) d'autre ?

**1. Vous êtes en train de jouer avec son portable quand il reçoit un texto étrange. Que dit ce dernier ?**

a. « Hé, toujours OK pour le base-ball ? »
b. « Désolée pour hier soir, ma meute hait les immortels. »
c. « On se fait un ciné ? »
d. « Je suis dans les bois… seule et vulnérable… »
e. « Super discussion, cette nuit. J'adore les mecs dotés d'un cerveau qui fonctionne. »

**2. Il est gracieusement allongé sur votre lit en train de lire Chateaubriand quand il doit soudain partir. Quelle excuse invoque-t-il ?**

a. « J'ai promis à ma mère de lui faire une course avant minuit. »
b. « C'est la pleine lune. Faut que je file. »
c. « J'ai juste envie de passer la nuit dans mon mausolée. »
d. « Je voulais regarder un truc à la télé ce soir. »
e. « Tu veux dîner ou être le dîner ? Ça pourrait être une inversion des rôles intéressante. »

**3. Vous êtes dans son tombeau quand vous remarquez un livre ouvert sur sa table de chevet. Lequel ?**

a. *La cuisine végétarienne,* de Mark Bittman.
b. *Frisson,* de Maggie Stiefvater.
c. *Les sang-bleu,* de Melissa de la Cruz.
d. *Révélation,* de Stephenie Meyer.
e. *Zombie Blondes,* de Brian James.

**4. Vous avez remarqué qu'il avait changé ces derniers temps. Brusquement, il :**

a. S'est installé dans un autre arbre près de votre fenêtre.
b. Réclame un chiot.
c. Semble plus froid que jamais, plus assoiffé aussi.
d. Ne s'offusque plus quand vous mettez un foulard.
e. Est dingue de films d'horreur, comme *28 jours plus tard*.

**5. Vous appelez à son château, il est absent. Sa mère vous apprend qu'il :**

a. Joue au base-ball avec son petit frère.
b. Est parti en Forêt-Noire avec un glaive d'argent, «juste au cas où».
c. Est en Transylvanie afin de renouer avec une ancienne ~~amante~~ amie.
d. Est en mission de sauvetage.
e. Est occupé à des activités exigeant qu'il ait emporté un casque en partant.

**6. Son journal intime est ouvert. Vous ne vouliez pas le lire, mais vous avez quand même vu qu'il avait écrit :**

a. Au milieu d'un poème, coincé par une bonne rime pour "narines".
b. «Jogging. Elle aurait eu quatre pattes qu'elle ne m'aurait pas rattrapé!»
c. «Meilleur rancard de ma vie à la banque du sang!»
d. «J'adore l'odeur du sang neuf.»
e. «J'ai l'impression que seul mon cerveau l'intéresse.»

## résultats

### SI VOUS AVEZ PRINCIPALEMENT RÉPONDU A :

**Petite sotte ! Tout le monde a des obligations, lui y compris.** Cessez tout de suite de lire son journal intime et ses mails! Rien ne tue davantage l'ardeur d'un vampire que la jalousie de sa copine.

**SI VOUS AVEZ PRINCIPALEMENT RÉPONDU B :**

**Il semble bien que sa nouvelle cible romantique ait besoin de faire un peu plus que s'épiler pour avoir l'air présentable.** Votre rivale est sûrement velue, se transforme en fonction des phases de la lune, a quatre pattes et un comportement plutôt canin. Ce n'est pas un chiot qu'il veut, mais une dame loup-garou !

---

**SI VOUS AVEZ PRINCIPALEMENT RÉPONDU C :**

**Ravi de te rencontrer !** Votre chéri flirte avec une fille de son espèce et là, vous n'avez guère de solution. Tous deux attendent la même chose de la vie (de la mort, plutôt) : du sang, des châteaux lugubres et encore du sang. Vous pouvez toujours essayer de planter un pieu dans le cœur de votre rivale, mais si vous ratez votre coup, vous avez intérêt à courir vite !

---

**SI VOUS AVEZ PRINCIPALEMENT RÉPONDU D :**

**Votre vampire aspire à un groupe sanguin qui n'est pas le vôtre !** On dirait bien qu'il fréquente une autre humaine. N'envisagez même pas de vous venger de la coquine, parce que votre chéri la protègera. Tentez de rompre avec lui et de le rendre jaloux en sortant avec un loup-garou.

---

**SI VOUS AVEZ PRINCIPALEMENT RÉPONDU E :**

**Sa nouvelle conquête ne cherche qu'une seule chose : son CERVEAU !** Eh oui, une dame zombie le drague. Il est difficile de comprendre son attirance (expression vide, chair en décomposition, démarche raide et chevelure atroce). Il est peut-être séduit à l'idée de partager avec elle une proie humaine : à lui le sang, à elle le cerveau. À moins de viser directement la tête, vous ne pourrez pas grand-chose pour vous débarrasser de cette rivale. Essayez de vous réconforter en pensant qu'elle s'efforce seulement d'entrer dans sa boîte crânienne et que, avec un peu de chance, il se ressaisira et vous reviendra.

# signes du zodiaque et vampires

Même si la présence des constellations est susceptible de gâcher une nuit parfaitement noire, consultez les étoiles afin de déterminer si vous pouvez sauver votre couple. Tous les coups sont permis, après tout. Mais attention ! Si les humains sont facilement prévisibles d'un point de vue astrologique, ce n'est pas le cas des vampires.

---

## bélier ✣ *(21 mars – 19 avril)*

**Traits de caractère :** audace, passion, curiosité.

**Ce qui vous pousse vers les vampires :** votre personnalité enflammée.

**Horoscope :** les vampires sont habitués à dominer la relation et ont du mal à jouer les suivistes. Mauvaise pioche.

---

## taureau ✣ *(20 avril – 20 mai)*

**Traits de caractère :** endurance, dévotion, stabilité.

**Ce qui vous pousse vers les vampires :** ils attendent qu'on les oriente, et votre entêtement tout en douceur leur conviendra.

**Horoscope :** les vampires ne sont pas assez stables et railleront votre besoin de sécurité. Mauvaise pioche.

---

## gémeaux ✣ *(21 mai – 20 juin)*

**Traits de caractère :** sociabilité, très bon sens de la repartie, enthousiasme.

**Ce qui vous pousse vers les vampires :** votre insatiable curiosité.

**Horoscope :** votre ingéniosité rend nerveux les vampires, qui n'aiment pas être nerveux. Mauvaise pioche.

## cancer ✣ *(21 juin – 22 juillet)*

**Traits de caractère :** intuition, émotivité, sensibilité.

**Ce qui vous pousse vers les vampires :** votre nature compassionnelle.

**Horoscope :** vous êtes trop lugubre et les vampires aiment dominer cet aspect-là de la relation. Mauvaise pioche.

---

## lion ✣ *(23 juillet – 23 août)*

**Traits de caractère :** enthousiasme, recherche d'attention, théâtralité.

**Ce qui vous pousse vers les vampires :** vous voulez injecter un peu de votre personnalité solaire dans leurs vieilles âmes.

**Horoscope :** les vampires détestent le soleil. Mauvaise pioche.

---

## vierge ✣ *(24 août – 22 septembre)*

**Traits de caractère :** timidité, méticulosité, modestie.

**Ce qui vous pousse vers les vampires :** vous savez qu'ils vous protégeront du monde.

**Horoscope :** les vampires seront toujours plus perfectionnistes que vous. Mauvaise pioche.

---

## balance ✣ *(23 septembre – 22 octobre)*

**Traits de caractère :** diplomatie, sociabilité, grande ouverture d'esprit.

**Ce qui vous pousse vers les vampires :** vous aimez sortir avec des gens de toutes espèces.

**Horoscope :** les vampires ne supportent pas que vous fréquentiez d'autres immortels, ce dont vous ne pouvez vous empêcher. Mauvaise pioche.

---

## scorpion ✣ *(23 octobre – 21 novembre)*

**Traits de caractère :** enthousiasme, tendance à l'obsession, farouche indépendance.

**Ce qui vous pousse vers les vampires :** vous êtes aussi tumultueuse et noire qu'eux.

**Horoscope :** les vampires sont jaloux mais n'aiment pas votre possessivité. Mauvaise pioche.

---

## sagittaire ✣ *(22 novembre – 21 décembre)*

**Traits de caractère :** jovialité, sagesse, positivité.

**Ce qui vous pousse vers les vampires :** vous êtes attirée par la tendance des immortels à l'introspection.

**Horoscope :** les vampires sont cyniques et vous trouvent d'un optimisme naïf. Mauvaise pioche.

---

## capricorne ✣ *(22 décembre – 19 janvier)*

**Traits de caractère :** patience, prudence, réserve.

**Ce qui vous pousse vers les vampires :** vous aimez donner un sens aux unions qui n'en ont pas.

**Horoscope :** les vampires n'apprécient pas les rancunières et peuvent l'être pendant des siècles de plus que vous. Mauvaise pioche.

---

## verseau ✣ *(20 janvier – 19 février)*

**Traits de caractère :** modernité, impassibilité, humanité.

**Ce qui vous pousse vers les vampires :** vous êtes toujours prête à donner sa chance à tout le monde, humains ou non.

**Horoscope :** même les Verseaux sont émotionnellement vidés par la froideur des vampires. Mauvaise pioche.

---

## poissons ✣ *(20 février – 20 mars)*

**Traits de caractère :** sensibilité, idéalisme, tendance à l'irréalisme.

**Ce qui vous pousse vers les vampires :** vous imaginez déjà l'éternité avec l'un d'eux.

**Horoscope :** les vampires prendront à tort votre sensibilité pour de la faiblesse, or ils méprisent la faiblesse. Mauvaise pioche.

J'ai trouvé que c'était un peu... bizarre, quand Charles a commencé à m'encourager à devenir une star des sports nautiques, mon rêve d'enfant (vous savez, le genre qui fait des spectacles dans les parcs aquatiques). Avant il n'arrêtait pas de juger que c'était une profession trop «brillante» et il ne supportait pas que je passe ma vie au grand air. Puis, alors que je croyais que tout allait bien entre nous, il s'est mis à lâcher des trucs comme : «Tu es un peu trop pâle, non?» Ou : «La météo annonce une journée ensoleillée et une température de 26 °C.» Et encore : «Tu ne crois pas que tu serais mieux avec quelqu'un comme Josh Sanders?» Tu m'étonnes! Josh est un dieu du ski nautique! Enfin, j'ai découvert sur le seuil de ma porte une boîte avec un beau ruban noir qui contenait une tenue à paillettes et un serre-tête à plumes. J'ai alors compris que c'était fini. Si ça, c'est pas de la cruauté!

ABIGAIL, 16 ans

Là, faites preuve d'un peu d'orgueil. Si son cœur n'y est plus, mieux vaut que vous sortiez de la tombe avant qu'il ne vous y enchaîne.Vous avez toujours adoré son sourire de tueur, mais pas à ce point-là. Faites attention aux signaux vous indiquant qu'il est temps de déguerpir.

# dix signes montrant qu'il est temps de le quitter

**1** ✠ Il vous appelait « mon ange des ténèbres ». Maintenant, c'est « mon petit quatre-heures ».

**2** ✠ Il vous a créé un profil sur un site de rencontres.

**3** ✠ Vous l'appelez à cause d'un traqueur en planque dans votre jardin, et il vous répond : « Ah ouais, navré pour toi. »

**4** ✠ Il vous rend les billets que vous lui avez offerts pour les Jeux olympiques de 2332 parce qu'il assure qu'il ne sera pas libre ce jour-là.

**5** ✠ Au lieu de vous porter à votre voiture les jours de verglas, il vous donne une paire de chaussures de rando en vous conseillant de commencer à vous entraîner.

**6** ✠ Il vous prie d'arrêter de parler de son haleine fraîche et mentholée… Ça craint.

**7** ✠ Vous vous coupez le doigt, et il vous reproche de gaspiller la nourriture.

**8** ✠ Quand vous lui demandez pourquoi il ne monte plus la garde devant votre chambre la nuit, il vous répond que vos ronflements pousseraient les Volturi à s'arracher la tête.

**9** ✠ Il vous incite à poser votre candidature dans des facs à l'étranger, en vous promettant que vous adorerez le Yémen.

**10** ✠ Ses poèmes sont de plus en plus nuls. Faire rimer « trouve-toi un humain » avec « quelqu'un dont le sang me donne faim », ce n'est pas bon signe.

Si vous trouvez les mâles humains difficiles à comprendre, essayez donc de fréquenter un vampire! Il est drôlement compliqué de dire s'il est juste un peu plus émo que d'habitude ou s'il veut enterrer votre relation dans les catacombes. Mon ancien flirt a commencé par ne plus vouloir sortir le week-end sous prétexte que la lumière était trop crue, même la nuit! (On vit dans l'Oregon, pas franchement les latitudes du soleil de minuit…) Puis il n'a pas arrêté d'inventer des excuses bidons pour que je ne vienne plus chez lui, genre il avait la grippe ou la tuberculose. Je suis presque sûre que les immortels ne tombent jamais malades. Enfin, je l'ai surpris à un match de base-ball, un vendredi soir, en compagnie d'une goule… TER-MI-NÉ!

XILLA, 18 ans

C'était super bizarre. Alaric m'a traînée dans les bois pour m'annoncer que je devais l'oublier. Quand je suis rentrée chez moi, j'ai découvert que toutes mes photos de lui avaient disparu, de même que les cadeaux qu'il m'avait offerts. Les cinquante volumes de poèmes qu'il avait écrits en l'honneur de ma beauté, la robe du soir qu'il m'avait donnée pour le bal des monstres, la voiture blindée… Tout! Il s'était évaporé, et son clan, disparu… Est-ce que c'est encore une blague de vampire? Je me doute qu'il essaye de me transmettre un message, mais lequel?

MANDY, 15 ans

Qui n'a jamais vécu une relation où tout ce qui était tellement formidable au début devient soudain rasoir ? La perspective qu'il vous suce le sang était très excitante, mais maintenant, vous êtes lasse de son haleine aux relents sanguins (surtout au petit matin, beurk !). Les balades au clair de lune étaient romantiques, à présent elles sont juste insupportables. Après tout, une fille doit avoir son quota de sommeil, non ?

Vous aimiez bien ses potes de crypte. Vraiment. Sauf que, au bout d'un moment, les conversations sur les championnats de base-ball vampirique, ça suffit. Certes, tout ce noir lui donnait un petit truc supplémentaire. Désormais, vous estimez que c'est la preuve d'un manque de goût criant.

Il ne connaît rien à la musique, au cinéma, à l'hygiène. D'accord, il vous emmène voler toutes les nuits, mais ça caille, là-haut ! Même si lui ne s'en rend pas compte. D'ailleurs, il y a des tas de choses qu'il ignore. Il a promis de ne pas lire dans votre esprit, il ferait mieux de lire sur vos lèvres.

Finalement, vous avez commencé à soupçonner qu'il n'en voulait qu'à votre sang. Vous avez vu des portraits de ses ex sur des avis de recherche de personnes disparues. Les petits noms dont il vous affuble font allusion à la nourriture (si « mon petit sucre » et « mon biscuit d'amour » sont acceptables, il n'en va pas de même pour « amuse-bouche », « croquembouche » et « petit en-cas » ; quant à « mon petit cœur », il est drôlement ambigu). Il fuit le centre commercial et les bals du lycée, il vous donne rendez-vous dans des endroits désolés comme des carrières et des passages à niveaux loin de toute civilisation. Et quand il se force à vous emmener au restaurant, il n'arrête pas de répéter que vous devez engraisser. D'après lui, vous êtes son genre, sauf qu'il raconte à ses potes que *votre groupe sanguin* est son genre.

Les signes que ça sent le roussi sont évidents. Êtes-vous vraiment prête à vous lancer dans l'éternité sur cette base-là ?

# êtes-vous prête pour l'éternité ?

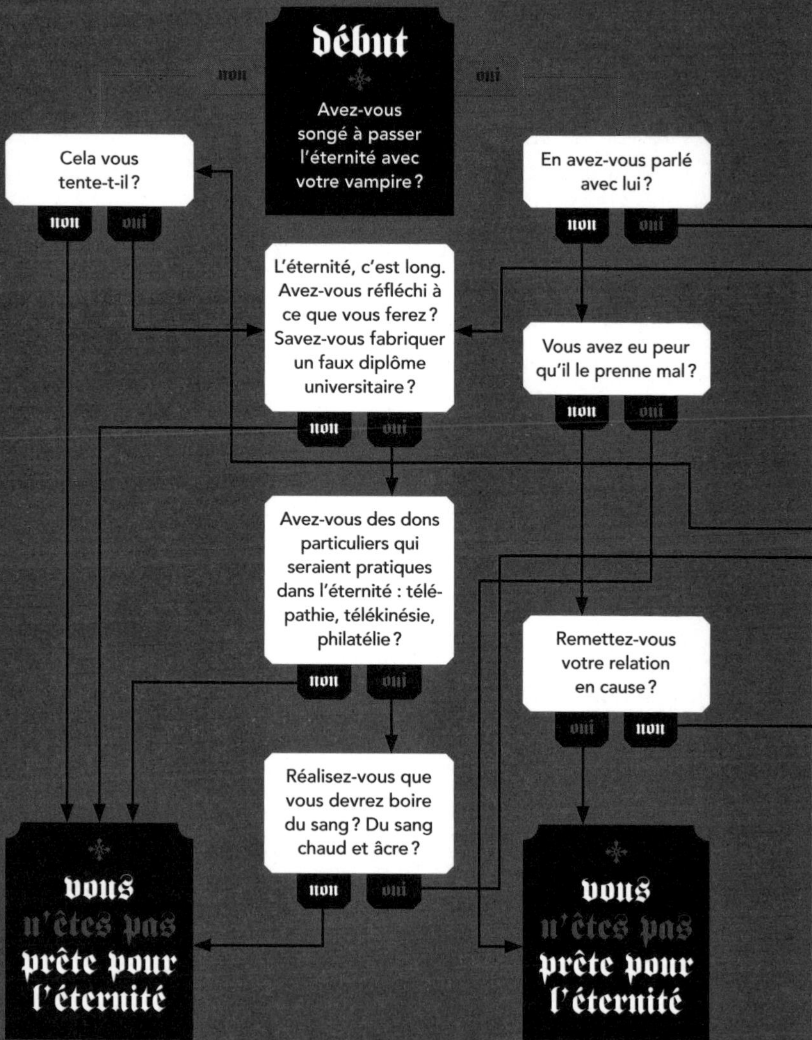

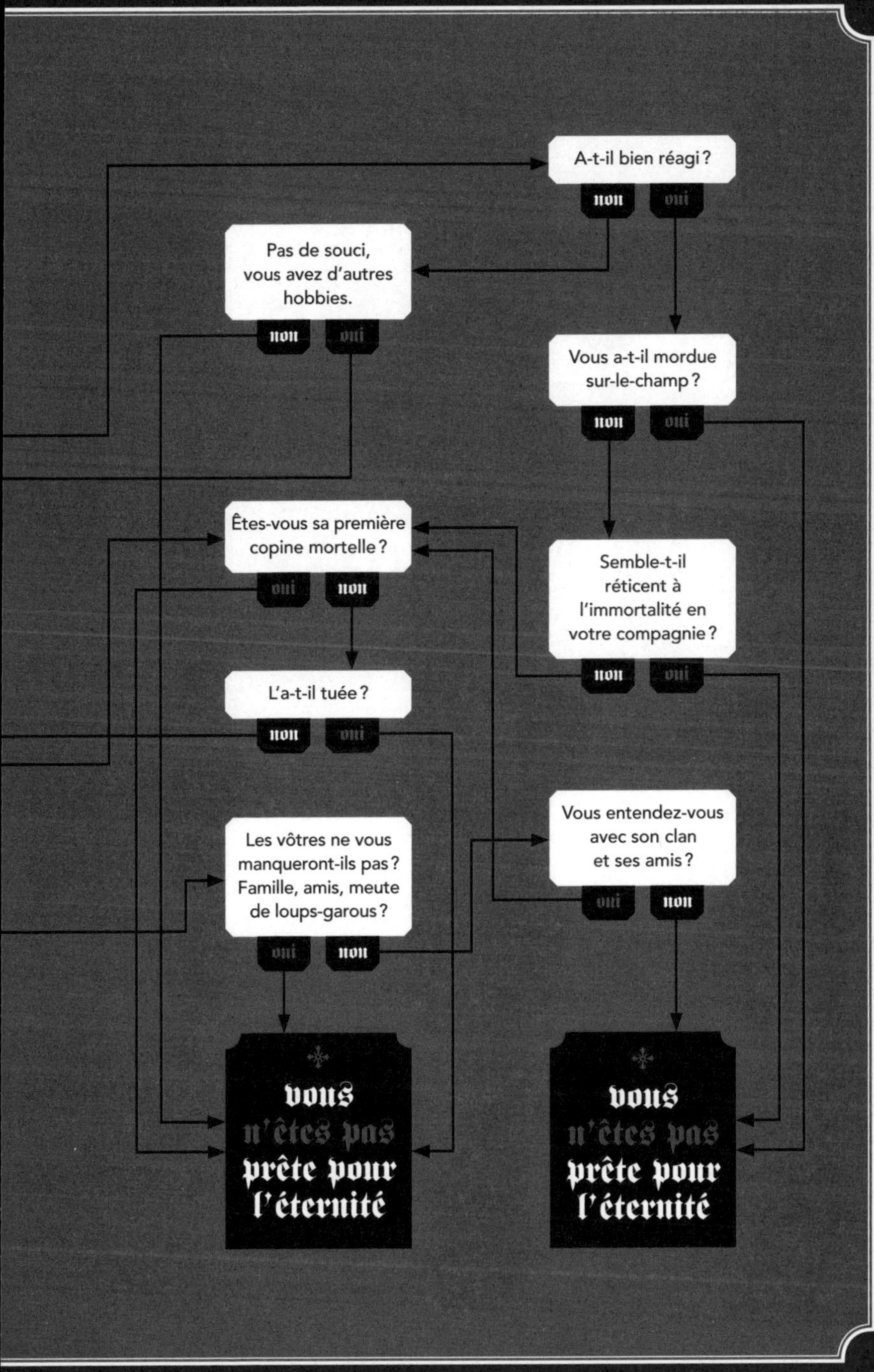

A-t-il bien réagi ?
non
oui
Pas de souci, vous avez d'autres hobbies.
non
oui
Vous a-t-il mordue sur-le-champ ?
non
oui
Êtes-vous sa première copine mortelle ?
oui
non
Semble-t-il réticent à l'immortalité en votre compagnie ?
non
oui
L'a-t-il tuée ?
non
oui
Vous entendez-vous avec son clan et ses amis ?
oui
non
Les vôtres ne vous manqueront-ils pas ? Famille, amis, meute de loups-garous ?
oui
non
vous n'êtes pas prête pour l'éternité
vous n'êtes pas prête pour l'éternité

# Sachez admettre que votre flirt a été saigné à blanc

À ce stade, vous êtes sûrement bonne pour un entretien de licenciement avec votre vampire. Vous autres humains aimez à répéter que toutes les bonnes choses ont une fin. J'ai un scoop ! Toutes les mauvaises aussi. Justement parce qu'elles sont mauvaises, d'ordinaire.

Avec les vampires, une rupture brutale n'existe pas. Ou plutôt lorsque c'est fini, vous l'êtes également, en général. Vous allez donc devoir manœuvrer très habilement si vous voulez vous sortir vivante de cette relation. Si vous avez nourri des rêves d'éternité, vous en êtes aujourd'hui réduite à espérer que vous vivrez jusqu'à jeudi prochain. Eh oui, l'amour, ça fait mal. Mais ce genre de mal-là est si radical qu'aucun chanteur de country n'a eu l'idée d'écrire une chanson sur le sujet.

Je l'ai vu venir, en quelque sorte. Nathaniel s'est mis à se comporter très bizarrement avec moi. Un jour, en trébuchant, j'ai renversé de la soupe de tomate sur son pull blanc. Au lieu de sourire et de composer une ode impromptue sur ma séduisante maladresse d'humaine, il s'est énervé et a décampé. (Enfin, il a bondi dehors, car il se déplace avec l'agilité et la grâce d'un lynx qui traque en silence sa proie dans la forêt moussue. Oh mon dieu! Il faut que j'arrête de penser à lui comme ça...) Il a également cessé de me composer des chansons. Quand je lui ai demandé si je l'avais inspiré récemment, il m'a répondu que oui, mais il avait l'air super mal à l'aise quand il s'est mis au piano. Au bout de quelques secondes, je me suis rendu compte qu'il ne jouait pas du tout une pièce originale, mais juste une reprise très lente de «Depuis que tu es partie». Connaissant le goût de Nathaniel pour le drame, j'en ai déduit qu'il ne romprait avec moi qu'au moment opportun. Aussi, j'ai organisé mes journées autour de mes répétitions d'orgue à l'église et entrepris de remplir toutes les mangeoires pour oiseaux du voisinage. Je m'étais dit qu'il ne me coincerait pas tant qu'une musique mélancolique résonnerait autour de nous, ni tant que des colombes voletteraient au-dessus de nos têtes. Malheureusement, je n'ai pas suffisamment couvert mes arrières, car il m'a chopée à la fin de mon service à la bibliothèque. Avant même que je comprenne ce qu'il se passait, il m'a attirée du côté des livres rares et m'a débité ce laïus, comme quoi nous en étions arrivés au dernier chapitre de notre histoire d'amour. J'ai fait l'imbécile, genre je ne pige pas, mais à cet instant, une colombe hyper moche et borgne s'est posée sur le rebord de la fenêtre (en ville?!). Nathaniel a eu un petit sourire, puis il a attrapé ma main et s'est agenouillé : « Oh, Danielle, ma vie, mon amour, tu es si vulnérable. Si innocente, comme cette pauvre colombe borgne et déplumée. » J'ai voulu objecter quelque chose à cette comparaison peu flatteuse, mais il a posé un doigt sur mes lèvres : « Non, non, ne parle pas, mon amour. Ma beauté resplendissante et ma perfection surnaturelle t'ont aveuglée. Tu ne vois plus le danger que représente le monstre que je suis. Je dois te quitter pour toujours. Et pas comme la dernière fois, quand je t'ai quittée pour toujours mais que je suis revenu trois heures plus tard avec un poème épique célébrant ta beauté. Au revoir, ma douce. » Il m'a embrassée sur la joue avant de filer, m'abandonnant seule avec cet oiseau hideux.

DANIELLE, 16 ans

J'étais à l'épicerie avec ma mère en train de choisir un melon, quand Max m'a envoyé un texto : « Je crois que nous devrions fréquenter d'autres gens/vampires. C'était chouette;-) » Et moi qui croyais que les vampires avaient la classe!

MEGAN, 16 ans

Il va de soi que les jeunes filles que nous venons de citer ont eu la partie facile. Il nous est impossible de fournir des exemples de personnes moins chanceuses, victimes d'une séparation à vous faire verser des larmes de sang, car elles dégustent à présent les pissenlits par la racine. Ce sont là, j'en suis sûr, des destins que vous ne tenez pas à imiter. Aussi, à vous de vous préparer au scénario de rupture que votre vampire aura imaginé.

Croyez-moi, rompre n'est pas aussi facile qu'il n'y paraît. Les humaines sont tellement émotives ! On ne leur a donc pas expliqué que les larmes et la morve ne sont ni jolies ni séduisantes ? Et bien, on devrait ! Elles deviennent toutes rouges et bouffies. Et, comme si ça ne suffisait pas, elles s'emballent, brandissent l'ail et le glaive ! Ces pauvres petites ont vraiment besoin d'un soutien psychologique !

SIMON, 902 ans

Je n'arrêtais pas de dire à Emma que c'était fini, mais elle ne me croyait pas. Elle téléphonait, m'envoyait des textos, débarquait sur ma tombe. J'ai fini par ne plus le supporter. Je lui ai menti en lui promettant de la rendre éternelle. Quand je l'ai mordue, je l'ai tout bonnement achevée (ainsi que notre relation). Je sais ce que vous pensez, je m'en fiche. Le pire, c'est qu'elle n'avait même pas bon goût, après tout ce qu'elle m'a fait subir...

TARQUIN, 73 ans

Il n'existe pas de solution facile pour rompre avec une humaine. Ah ! La morsure du temps ! J'ai finalement découvert que la méthode la plus efficace, c'est de jouer les types sympas. Rien ne rebute autant une fille que les garçons trop gentils.

MAXIMUS, 765 ans

J'ai opté pour «l'effacement». Je me suis mis à la voir de moins en moins. Encore moins. Toujours moins. Un des grands avantages quand on est vampire, c'est qu'on a tout son temps. Leur attention finit par s'effilocher... et nous pouvons filocher dans une autre ville.

ELIJAH, 313 ans

Pénélope a toujours adoré les mélodrames. J'ai deviné qu'il allait me falloir faire preuve d'un peu de panache pour m'en débarrasser. J'ai donc attendu qu'elle quitte le lycée avec ses amies, décollé et dessiné dans le ciel les lettres T-O-I-E-T-M-O-I-C-E-S-T-F-I-N-I avec de la fumée rouge. Il faisait super chaud là-haut, mais ça en valait la peine : je vous dis pas sa tronche quand elle a compris que c'était cuit.

OREN, 403 ans

# incantations destinées à vous convaincre

Que vous ayez pu penser que votre relation allait durer éternellement est tellement *mignon* ! Vous avez vraiment cru que, après toutes les femmes avec lesquelles il est sorti au cours des siècles, *vous* alliez être celle qui durerait ? L'optimisme des humains est tout bonnement adorable.

Il est temps de recoller les morceaux. Quand vous ne serez pas occupée à pleurer toutes les larmes de votre corps, mon très cher ami le Dr Thaddeus Phillips vous suggère d'entonner quelques incantations qui vous aideront à vous reconnecter à la réalité.

CONSEILS DU DR THADDEUS PHILLIPS, DV

Les dieux ne sortent pas avec les péquenaudes !
Les dieux ne sortent pas avec les péquenaudes !

Il est mieux sans moi !
Il est mieux sans moi !

Je n'avais aucune chance !
Je n'avais aucune chance !

Le soleil brillera de nouveau !
Le soleil brillera de nouveau !

Mon lot, ce sont les ados boutonneux !
Mon lot, ce sont les ados boutonneux !

Naturellement, vous pouvez aussi vous consoler avec les incantations de l'ex-épouse du Dr Phillips, le Dr Jane Oakes, PhD.

### CONSEILS DU DR JANE OAKES, PHD

*Personne ne mérite d'être traité comme un donneur universel. Vous êtes spéciale, vous méritez mieux. Je liste ci-dessous une série de raisons à même de vous prouver que rompre était la bonne décision. Elles consistent à vous rappeler le respect que vous vous devez quand vous vous regardez dans la glace tous les matins (maintenant que vous en avez la possibilité). Répétez-les une fois, trois fois, dix si nécessaire. D'une façon ou d'une autre, vous oublierez votre vampire en un clin d'œil.*

- *« Pastel » n'est pas un gros mot.*
- *Je mérite quelqu'un qui m'aime pour moi et pas seulement pour mon sang O positif.*
- *Il n'est pas anormal de vouloir rencontrer son amoureux en plein jour.*
- *Parfois, se contempler dans le blanc des yeux au clair de lune est bizarre. Et froid.*
- *J'ai le droit de mettre du blush.*
- *Oui, il est bizarre de fêter ses 16 ans trois cents fois de suite.*
- *Un entraînement cardio-vasculaire ne consiste pas (mais alors surtout pas !) à me couper le doigt et à voir ensuite à quelle vitesse je cours afin d'en réchapper.*
- *Mettre Félix en danger chaque fois que mon petit ami passe à la maison n'en vaut pas la peine.*
- *Il est normal d'attendre de mon chéri qu'il passe du temps avec moi au lieu d'errer toutes les nuits dans le cimetière avec ses copains.*

Je sais que vous ne vous relèverez jamais tout à fait de son allure de jeune dieu, de ses yeux implorants, de ses lèvres douces comme des oreillers en plumes de canard, de sa voix musicale comme une rivière et/ou de son torse solide comme le roc. Après tout, quand on a goûté au steak, il est difficile de se remettre aux légumes. Mais il vous faut survivre, ne serait-ce que pour commettre la bêtise de retomber amoureuse d'un autre… vampire.

Résisterez-vous à cette fâcheuse tendance générale de l'humanité qui consiste à réitérer constamment ses erreurs ? Saurez-vous tirer les leçons des vôtres ? Aurez-vous soif de vengeance ? Seuls le temps, et le chapitre douze, vous le diront.

**MESSAGE DE GRETA, TUEUSE DE VAMPIRES**

APPELEZ-MOI.

CHAPITRE DOUZE

# reprenez goût à la vie

J'ai le sentiment que vous et moi nous sommes peu à peu rapprochés au fil des onze chapitres qui ont précédé celui-ci. Voilà pourquoi, même s'il n'est pas franchement dans mon intérêt de vous dévoiler tous les petits secrets de mon espèce, je consens à vous donner ici quelques précieux conseils pour survivre à une rupture vampirique, aussi douloureuse soit-elle, et ce faisant pour conserver votre amour-propre… et accessoirement votre vie.

## kit de survie à une rupture vampirique signé vlad

- **EAU BÉNITE** : à mettre sur votre table de nuit. Arrangez-vous pour en remplir aussi un flacon facile à transporter.
- **MIROIRS :** partout.
- **L'AIL :** mangez-en, accrochez-en, tressez-en dans vos cheveux, fabriquez un parfum à l'ail que vous vaporiserez partout.
- **CROIX DE BOIS, CROIX DE FER...** Placez des crucifix sur le seuil de votre porte, au-dessus de votre lit, à votre fenêtre. (À votre avis, votre mémé vous a-t-elle offert un rosaire juste pour que vous vous souveniez d'elle ? Réfléchissez. Elle a dû connaître son propre petit drame vampirique et savait que l'objet vous serait utile un jour.)
- **PIEU EN BOIS :** toujours pratique. Il en existe même qui peuvent être dissimulés dans des étuis à rouge à lèvres !
- **SACHET DE GRAINES** (ou de M&M's) : à répandre sans crier gare aux pieds de votre vampire. Nous détestons ça.
- **CLOCHE :** les vampires n'en supportent pas le bruit. Alors faites-moi le plaisir de détacher cette cloche du cou de cette vache et de la suspendre à votre ceinture, très chère.
- **VÊTEMENTS MOCHES** : avec des cols roulés très, très hauts. Genre, jusqu'au menton. Ou plus haut.
- **ARMES :** si la rupture s'est *vraiment* mal passée et si votre dernière conversation s'est terminée par des menaces de vengeance éternelle à l'encontre de votre âme, équipez-vous de la machette, de l'épée ou de la hache la plus pointue, la plus solide et la plus longue que vous trouverez (n'oubliez surtout pas de la faire bénir !). Si tout le reste échoue, vous devrez sans doute décapiter l'affreux.

# êtes-vous accro aux flirts avec les immortels ?

Toutes ces précautions vous attristent ? Non parce qu'elles ne sont guère pratiques et supposent qu'il souhaite votre mort, mais parce qu'il vous manque cruellement ? Vous dites-vous : « Le prochain vampire avec lequel je sors me protègera du dernier. L'ancien, c'était juste un manque de bol » ? Chère petite mortelle, vous êtes sur le point de devenir une vamp à vampires, une accro aux crocs, une mordue des dents : bref, une droguée de l'amour vampirique. Répondez vite à ce questionnaire.

**1. Les comportements des mâles humains (ne pas rabaisser la lunette des WC, roter, siffler, dormir, manger, respirer) vous répugnent-ils ?**

a. Je peux y survivre.
b. Je préférerais qu'il ne rote pas.
c. Respirer ? Quelle horreur !

**2. L'homme de vos rêves :**

a. Est super intelligent.
b. A un sens de l'humour qui décoiffe.
c. Étincelle.

**3. Qu'y a-t-il de mieux dans le fait d'avoir un petit ami ?**

a. Il coupe ma nourriture pour épargner mes poignets délicats.
b. Mes copines sont jalouses comme des poux.
c. Il veille sur moi.

4. **Votre cavalier idéal passerait le bal de fin d'année à :**

a. Danser. Il adore se trémousser.

b. Ricaner. C'est son truc.

c. Bouder. Il aurait préféré assister à une lecture poétique.

5. **Pour quelle raison avez-vous rompu avec votre dernier mec ?**

a. Il devenait trop sérieux.

b. Il passait trop de temps avec ses potes.

c. Il était hors d'haleine quand je l'ai emmené en rando… avec moi sur son dos.

6. **Quel est à vos yeux le tête-à-tête idéal ?**

a. Une balade romantique sur la plage.

b. Une visite au cimetière à la pleine lune afin d'écouter les croassements mélancoliques des corbeaux tout en plongeant dans les profondeurs captivantes de ses yeux.

c. Un resto et une toile.

7. **Quelle est la différence d'âge idéale ?**

a. J'aime fréquenter des garçons de mon âge. C'est avec eux que j'ai le plus de points communs.

b. Je préfère sortir avec quelqu'un ayant deux ou trois ans de plus que moi. Après tout, les filles sont mûres plus tôt que les garçons.

c. Je ne sors qu'avec des hommes nés au XIXe siècle. Ils citent Edgar Poe au lieu d'Adam Sandler et je suis à peu près certaine d'obtenir un 20/20 en histoire.

8. **Pour quelle célébrité craquez-vous le plus ?**

a. Zac Efron. Je craque pour les mecs qui chantent.

b. Michael Phelps. Les sportifs sont super sexy.

c. Jonathan Rhys Meyers. J'adore les types pâles à l'expression torturée qui ont l'air de vouloir me tuer.

# résultats

**COMPTEZ VOS POINTS EN FONCTION DE VOS RÉPONSES :**

**1.** **a.** 3 **b.** 2 **c.** 0
**2.** **a.** 3 **b.** 3 **c.** 0
**3.** **a.** 0 **b.** 1 **c.** 3
**4.** **a.** 3 **b.** 0 **c.** 2
**5.** **a.** 3 **b.** 1 **c.** 0
**6.** **a.** 2 **b.** 0 **c.** 3
**7.** **a.** 3 **b.** 2 **c.** 0
**8.** **a.** 1 **b.** 3 **c.** 0

---

### DE 0 À 4 POINTS

**Droguée de l'amour immortel,** vous êtes une mégère à vampire. Lisez le reste de ce chapitre afin de trouver des solutions à votre problème.

---

### DE 5 À 18 POINTS

**Vous êtes une sirène :** vous ne courez peut-être pas après le capitaine de l'équipe de rugby, mais vous les aimez virils ! Continuez vos efforts.

---

### DE 19 À 24 POINTS

**Groupie des homo sapiens,** vous aimez que vos copains soient sexy, futés et dotés d'un cœur en bon état de marche. Félicitations ! Vous êtes destinée à mener une existence heureuse et équilibrée.

## dix solutions pour vous désintoxiquer de votre vampire

Vous avez encore besoin qu'on vous aide à échapper à l'attirance implacable qu'exerce un vampire sur vous ? Et bien, vous pouvez toujours essayer de vous claquemurer dans une petite pièce sans accès au monde extérieur pour le restant de vos jours… Cela semble toutefois un peu triste (y compris pour un vampire). Il existe sûrement d'autres solutions.

### 1 ✣ gardez vos distances

Ne sortez qu'au lever du soleil et rentrez au minimum une heure avant le crépuscule, de façon à être certaine de ne pas le rencontrer. Mieux encore, déménagez près de l'équateur, où les journées sont plus longues.

### 2 ✣ fréquentez d'autres espèces

Vous vous rappelez ce type en CE1 dont vous auriez juré qu'il venait de la planète Mars ? Eh bien, il ne vous est plus du tout interdit à présent.

### 3 ✣ vous souffrez ? faites-le souffrir

Mettez la main sur une poupée vaudou et plantez-y des aiguilles et des épingles. Puis jetez-la dans le four et passez la journée du lendemain à rigoler de la drôle de tronche qu'il aura, tout bronzé.

### 4 ✣ vous commencez à vous en vouloir ? accusez-le plutôt

Lancez une rumeur du côté du cimetière, selon laquelle il envisage de manger sa sœur pour le dîner. Que son clan se charge du reste !

### 5 ✣ rédigez un journal intime

Puis envoyez-le-moi, ça fera une suite au présent livre.

## 6 ✣ gavez-vous

Reprenez les trois ou cinq kilos que vous avez perdus quand vous étiez trop éprise pour commander ces délicieux petits pains à l'ail, juste parce qu'il ne les supportait pas. Rien n'affiche mieux «je m'en suis remise» qu'une haleine aillée.

## 7 ✣ balancez les souvenirs que vous avez de lui

Y compris la première fleur morte qu'il vous a offerte, les pulls à col roulé (avec le col découpé) qu'il vous a achetés et stoppez votre abonnement à *Vampire Weekly.*

## 8 ✣ installez des clôtures électriques au-dessus de vos fenêtres

Certes, de malheureux colibris risquent d'y trouver une fin tragique et fumante, mais elles permettront d'éloigner toutes les chauve-souris indiscrètes de la terre.

## 9 ✣ inscrivez-vous aux amoureuses de vampires anonymes

Vous y trouverez du réconfort. Avec les autres membres des AVA, vous pourrez utiliser vos fringues noires pour fabriquer un drapeau à hisser lors de la Journée Nationale de la Haine Contre les Vampires. Renouez avec votre pote Steevie qui bosse chez Gap. Vous lui avez manqué.

## 10 ✣ achetez un patch peps

On en trouve aux AVA. D'après les on-dit, un patch par jour vous redonnerait tellement de peps que vous deviendrez immédiatement la capitaine des pom-pom girls. Les patchs insufflent aussi dans votre sang une substance (inutile de spécifier laquelle ici) qui vous rendra un peu moins exquise.

# une amitié est-elle possible ?

Votre relation est morte. Ses cendres sont aussi froides que les pectoraux sculpturaux de votre ex. Pourtant, *vous n'arrivez pas* à passer à autre chose. Il dit : « Soyons bons amis… jusqu'à ce que ta vie de mortelle se termine en tout cas. » Si ça semble alléchant, pesez le pour et le contre.

| pour | contre |
|---|---|
| **Vous pourrez vous délecter de son inhumaine perfection.** | **Il vous verra vieillir.** |
| Il amènera vos prochains mecs à remarquer que vous avez joué dans la cour des grands. | En comparaison, vos futurs copains auront l'air chétifs et minables. Vous ne jouerez plus jamais dans la cour des grands. |
| **Il continuera de vous sauver la vie dans des situations périlleuses.** | **Il sera l'unique raison pour laquelle vous vous retrouverez dans des situations périlleuses.** |
| Il sera disponible pour discuter, jour et nuit. | Vos cernes dus à des discussions tardives avec votre vampire ne vous aideront pas à alpaguer un nouveau petit ami. |
| **Il effraiera les tueurs en série.** | **Il effraiera vos amis.** |
| Il vous permettra de mettre vos problèmes en perspective. | Il vous dira que vos problèmes sont insignifiants. |
| **Il impressionnera vos copines…** | **… jusqu'à ce qu'il en boulotte quelques-unes.** |

Vous voyez le tableau ? Il est *impossible* de rester amie avec un vampire. Votre sang et votre passif l'interdiront toujours.

# alternatives aux vampires

Rompre avec un vampire est difficile, fréquenter à nouveau quelqu'un alors que votre petit cœur saigne l'est également. Avant de jeter votre dévolu sur un futur chéri, freinez tout de suite l'impulsion qui vous amènera à chercher un autre vampire. Aussi fascinée que vous soyez par notre espèce, il est tout à fait possible de trouver un flirt qui ne soit pas un vampire pur-sang, mais un JAV (Juste Assez Vampire).

---

## le loup-garou

**Certes, il n'est pas aussi pâlot que le vampire. Toutefois, c'est presque un avantage car le loup-garou n'a aucun problème à sortir le jour,** voire à vous accompagner à la plage et à en revenir avec des marques de bronzage (pour peu qu'il se soit rasé, s'entend !). Il peut se montrer aussi mystérieux que le vampire et vous devrez garder ses secrets aussi précieusement que vous avez gardé ceux de votre ex. Il court bien plus vite que vous, saute plus haut et démontre une force phénoménale : bref, il est suffisamment dangereux pour mériter le label JAV. Quant à sa loyauté et à son affection, elles sont encore plus évidentes que celles d'un chiot.

---

## le zombi

**Immortel ? Oui. Pâle ? Oui. Souhaite sucer une de vos parties vitales ? Oui.** Il semble que le zombi a assez de points communs avec le vampire pour vous attirer. D'accord, il est un peu en décomposition et il n'a guère de conversation (ne vous attendez pas à des sonnets bouleversants), mais il n'a qu'une envie : se rapprocher de vous. Par ailleurs, comment résister à un homme qui vous aime pour votre intelligence (du moins, pour votre cerveau) ? Il ne sera peut-être pas capable de grimper à l'arbre planté devant votre fenêtre, mais il ne manquera pas de passer des nuits entières dehors à vous guetter.

## ✣ l'elfe

**Pas la minuscule créature aux chaussures pointues !** Pensez plutôt à un garçon aux longs cheveux blonds, à la beauté surnaturelle. L'elfe ne traîne pas forcément en compagnie d'affreux gnomes. Il peut être épris au point de renoncer à son immortalité pour passer le restant de ses jours avec vous.

---

## ✣ le nécromancien

**Pareille relation est parfois effrayante,** car il se peut que des esprits malins le pourchassent et qu'il doive vous en protéger. Par ailleurs, il porte constamment un assortiment de cloches, ce qui n'est pas très pratique pour les câlins. Mais la mort ne vous fait pas peur et vous adorez les défis.

---

## ✣ la momie

**Si vous êtes attirée par les costauds silencieux et que des kilomètres de bandelettes ne vous rebutent pas, c'est le JAV idéal.** Essayez de ne pas être sa première petite amie humaine car cette espèce est plombée par une malédiction qui l'amène à dégommer la première personne à découvrir sa tombe. Vous lui ouvrirez les yeux (ils sont dans un bocal près du sarcophage) à l'amour, pour peu que vous le délivriez du sortilège qui l'accable.

---

## ✣ le fantôme

**Celui-là ne manque pas d'être doté de pouvoirs surnaturels et il veillera sur votre sommeil toute la nuit.** En ce sens, il est le parfait JAV. Attention cependant à ne pas tomber entre les pattes d'un poltergeist qui risquerait de souhaiter votre trépas. Tâchez plutôt de vous trouver un spectre ayant un boulot à terminer. Ainsi, il vous hantera tandis que vous l'aiderez à découvrir quel secret le maintient dans le monde des vivants.

---

## ✣ le tueur de vampires

**Si vous cherchez à vous venger,** n'hésitez pas à en faire votre prochain petit copain.

Sans Marius, j'ai vraiment du mal à reprendre une vie normale. Je ne peux m'empêcher d'aller dans le cimetière où, pour la première fois, il m'a avoué qu'il était immortel, ou de me rendre à l'église la nuit, de m'asseoir sur un banc et de faire comme s'il était avec moi. Dès que je vois quelque chose bouger de façon imperceptible, je me dis que c'est lui... Puis je suis toute triste, car ce n'est qu'un oiseau ou la lumière qui se reflète sur le mur. Je ne sors plus beaucoup le jour, car j'ai plus de chance de le voir si j'attends le soir. En d'autres termes, j'ai besoin d'aide.

MARTHA, 19 ans

Quand Percival a rompu, j'ai relu tous les poèmes qu'il m'avait écrits. J'ai alors remarqué qu'il se répétait beaucoup. Suivant une impulsion, j'ai cherché sur Google quelques-uns de ses vers et je me suis rendu compte que ses sonnets étaient composés pour l'essentiel d'extraits de chansons de Céline Dion. J'ai aussi constaté que ça ne voulait pas dire grand-chose. Comment ai-je pu me pâmer devant des trucs pareils?

*L'amour peut nous toucher une fois,*
*J'ai conduit toute la nuit pour te rejoindre.*
*Laisse ton cœur décider...*
*Ô Canada! Terre de nos aïeux.*
Je ne sortirai plus jamais avec un vampire.

TERIANN, 15 ans

Vous avez l'impression qu'on vous a décoché une flèche en plein cœur. Tout vous rappelle votre ex. Allez, ouvrez les rideaux, blottissez-vous sur le canapé avec un pot de glace, installez-vous devant une comédie romantique à la noix et séchez vos larmes ! Vous avez des tas de bonnes raisons de continuer à vivre votre existence de mortelle… Du moins, durant les soixante-quinze à quatre-vingt ans à venir.

Quelles sont ces raisons ? Je vous connais, va. Vous ne voulez que rester enterrée dans votre tombeau et vous rappeler votre triste relation. Réfléchissez ! Désormais, vous pouvez profiter de tout ce qui vous a manqué : le soleil, les promenades dans les jardins, les repas aux heures des repas sans éprouver de culpabilité, laisser votre toutou à la maison sans craindre qu'il disparaisse mystérieusement, organiser une grande fête d'anniversaire sans vous sentir idiote, assister à des matchs autres que de base-ball, embrasser un garçon sans avoir peur qu'il vous morde, vous parfumer, bronzer, ne pas cacher vos écorchures à votre petit ami, célébrer les fêtes traditionnelles, cuisiner des légumes (à l'ail !) et tant de choses encore.

Certes, vous ne vivrez pas éternellement. Mais, au moins, vous n'attendrez pas dans un cercueil que la grande faucheuse vienne vous chercher. Alors, par pitié, ne vous claquemurez pas dans votre chambre comme dans un mausolée ! Sortez au grand air. (Non, sérieux, faites-le, vous souffrez sûrement d'une carence en vitamine D à présent.) Et tâchez de voir le côté positif des choses : l'existence sera maintenant beaucoup moins lugubre que du temps où vous fréquentiez votre vampire.

Sachez que vous n'êtes pas seule dans ce combat. Des tas d'organisations et de réseaux formidables aident les rebelles dans votre genre.

## aides et solutions

### tueurs-pieux

Un vampire vous a-t-il dit un jour que l'éternité n'était pas pour vous ? Vous voulez qu'un tueur le prive également de son éternité ? Appelez PLANTE-LE au 0800 666 666.

---

### SOS vampires en déprime

Il y a la lassitude, et il y a la dépression. Si vous trouvez qu'il est vraiment au 36e dessous (et non en train de prendre des poses lugubres pour vous séduire), appelez SOS Vampires en Déprime (le numéro est dans l'annuaire). Ce n'est pas comme s'il pouvait se tuer. En revanche, il est capable d'exterminer toute votre ville.

---

### vampires anonymes

Ne vous emballez pas ! Il ne s'agit pas d'un groupe de soutien destiné aux vampires où vous pourrez peut-être dénicher votre prochain Gustavo ou Flavian, mais d'un programme en douze étapes réservé aux malheureuses humaines accro aux vampires (dans toutes les bonnes églises).

Et maintenant, chère lectrice, je crains qu'il soit temps pour votre serviteur de vous dire au revoir. J'espère avoir réussi à mettre en lumière les plaisirs et les périls des flirts vampiriques, de façon à ce qu'ils laissent leur empreinte dans votre cœur (sinon dans votre esprit).

Quant à moi, il faut que je vous quitte. Je dois me préparer pour un rendez-vous galant avec une jeune fille qui n'est pas sans vous ressembler. La différence ? Elle n'aime pas lire. Pauvre, pauvre petite mortelle ! Un ouvrage comme celui-ci lui aurait vraiment été utile.

fin